東京白日夢女 1

東村明子

白日夢做著做著，眨個眼就來到了這年紀。

Choose Me!

ACT
1
白日夢女
33

東京白日夢女

東京オリンピック開催決定おめでとう!!：恭喜東京奪得奧運主辦權!!

ワァァ（Waaa）：哇啊啊

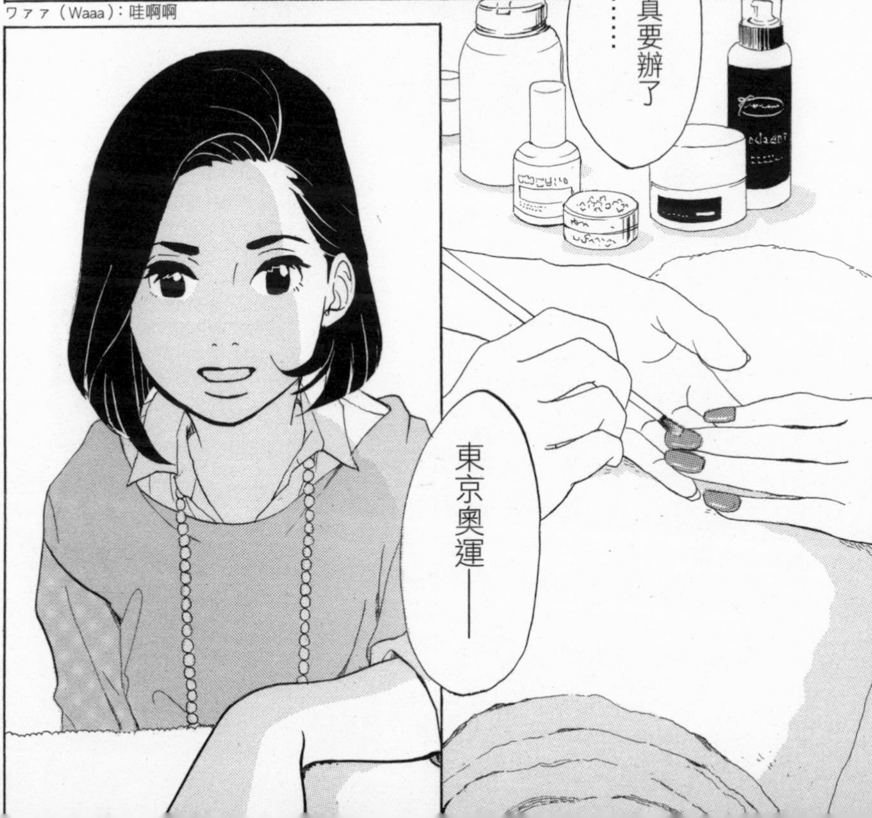

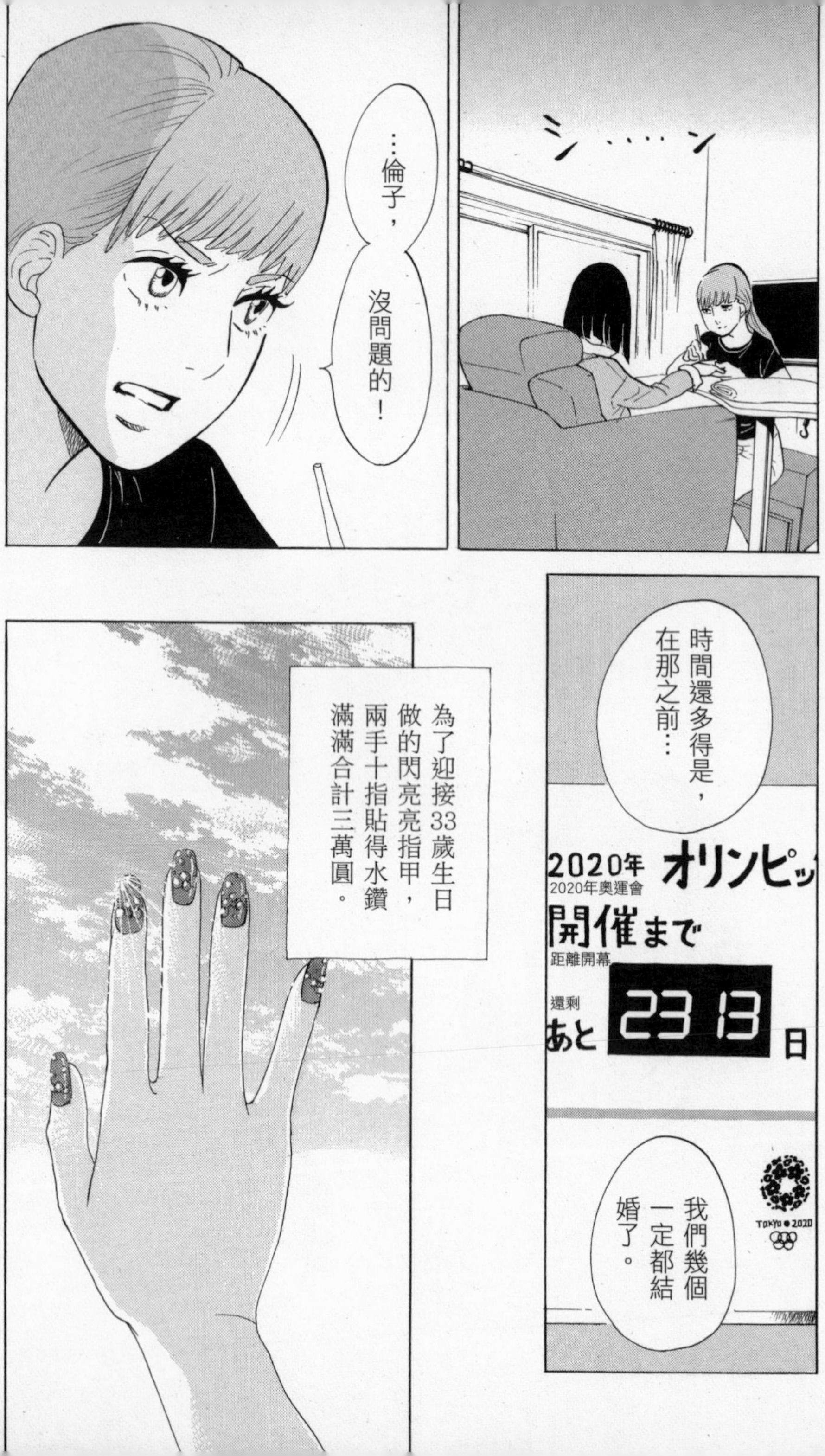
シ…ン
……倫子，
沒問題的！
時間還多得是，
在那之前……
2020年 オリンピッ
2020年奧運會
開催まで
距離開幕
還剩
あと 2313 日
TOKYO 2020
我們幾個
一定都結
婚了。
為了迎接33歲生日
做的閃亮亮指甲，
兩手十指貼得水鑽
滿滿合計三萬圓。

表参道駅
這…
阿香…你也貼太多了吧……
阿香是我從高中時就很要好的閨蜜，在表參道開了家美甲沙龍。
人長得漂亮身材又好，不知為何仍單身，
到了這幾年，甚至連男友都沒有。
說來──
第一次來給阿香幫我弄指甲，好像也是為了過生日哪……
嗯？是我幾歲的生日啊？
記得那時大學剛畢業……
呃。

10年前
23歲的時候……！
ズンッ
10……
10年……
心驚
……
10年!?
グキッ
ヨロッ
ハッ
Les Celebrités
對了……
10年前就是那時……
跟那男人在這吃了頓貴到爆晚餐的那次生日。
呃……紅酒……就……
抱歉，因為我不太懂……
呃……
總之就……
請給我**最便宜**的這瓶……

ハッ（Ha）：嚇　ヨロッ（YoRo）：搖晃貌　グキッ（GuKi）：折到聲　ズン（ZuN）：震驚貌

23歲的倫子
啊…呃…
嗯…總之…
先各叫杯香檳來應該就好吧。
早坂先生。
呃…
啊…
是…是啊。
對對。
あたふた
早坂是我當時任職的節目製作公司裡一個製作助理。
雖然人好又溫厚，不過穿著土氣講話也無趣…
老家好像在東北吧。我實在受不了他那種誤闖東京成天心慌慌的感覺。
至於說到他送我的生日禮物更是…
呃…這…
我跟同事友子問了鎌田小姐你的手指尺寸，買了這個…
戒…戒指…!?
也太沈重！
天啊…
而且實在有夠土！
像是在站前地下街金飾店買的
どーん
還請…
還請你和我交…
很抱歉！
ざしゃあ
あたふた（ATaHuTa）：手足無措貌
どーん（DooN）：唐突出場貌
ざしゃあ（ZaShaA）：身手矯健貌

可是如今。
在我仍然和這個戒指男因工作成天碰面，造化弄人的十年後⋯
早安，倫子小姐。
我拿網路劇用的選角資料來給您了。
早坂先生⋯你今天來得還真早啊。
啊⋯對⋯對不起⋯
之前倫子小姐說要是沒能把演員定下就寫不了劇本⋯
所以我想儘可能早些⋯
在那之後，我總算是以劇本家的身份闖出名號創業。
偶爾也會像這樣，從老東家接些網路劇的案子。

那時還是個助理的早坂…
現在已經是個獨當一面的導播，外表也變得……
順眼多了。
或說…還不賴…？
但……
這人為什麼還是單身呢？
難不成…難不成…
他到現在還對我……
ガチャ
早安——！
咦？已經在開會了嗎？
ガチャ：咔喳，開門聲
早坂先生你是怎麼，還不到十點耶？
啊…嗯。這資料有點趕…
麻美妹…就算我們是只有兩個人的小工作室，你穿這樣也太…
鏘鏘☆
你看！這個戒指!!
你不覺得超～可愛的嗎？

跟卡莉怪妞一樣的戒指！我昨天在原宿竹下通買的呢♡
超…超噁的……
哪有怎麼會～
這個現在超流行的耶！倫子小姐也戴戴看嘛！
來！
等等……不用啦我……
看～吧！
尺寸可是剛剛好呀！
咦……
怎麼感覺很不搭……
是因為指甲太閃嗎？
我也不想搭上這鬼爛啦！
早坂先生，你覺得怎樣呢？
咦？
倫…
倫子小姐很漂亮，搭什麼都會好看的。
啊！
對…對不起，我…我還有會要開…！
バタン

バタン（BaTaN）：啪噠

早坂先生一定是對倫子小姐有意思吧。
咦？
ビク
隨便看也知道，沒啥重要事還成天往這跑。
話說，你們乾脆交往不就好了。
你…
你胡說什麼啊，麻美妹……
那人只是在工作上…
ビク（BiKu）：心驚貌　カチャ（KaCha）：喀喳
我覺得早坂先生不錯啊！
人老實，工作又認真…
カチャ
カチャ
看起來也不會劈腿…
還是不要講10年前曾被他告白的事好了…
感覺這種小鬼會做些不必要的事超可怕
10年的歲月真是一眨眼。
大學畢業，以成為一名劇本家為目標，進了節目製作公司工作。
拼死拼活努力不懈，在27歲時第一次得以用自己的名義寫了10分鐘網路劇的劇本。
後來在30歲時獨自創業，在這表參道租了間工作室……

1964年……
上次東京奧運時蓋的超陳年老公寓……
還取名叫豪華大宅奧林匹克……
villa
olympia
屋齡50年……
蓋的人應該沒料到，這破爛老屋過了50年……
竟能再次見證奧運會吧……
ピッ
嗯？
收件匣（29）
5/50
隱藏
寄件者
早坂先生
收件者
鎌田倫子
來自早坂
2014年3月3日 19:58
剛才真的謝謝您。
有個不情之請，
我有話想跟您說，
這週能跟您約時間見個面嗎？
ヴ
ヴ

ピッ（Pi）：嗶

ヴー（Vuu）：手機震動聲

第！4！出！動！
第4出動!!!!
不會用新型輸入法打字的33歲
ツタタタ ツタタタタ ツタタ
ツタタ（ThuTaTa）：打字貌
ドーン
酒処
お気軽に
HARAJUKU
ドン（DoN）：咚
お気軽に 酒処：輕鬆喝酒處

然後咧？
幾年沒第4出動啦？太久沒動害我禁不住續杯燒酎時要了雙倍呢！
上次是阿香你被前男友劈腿…兩年前吧。
ハァハァ
小雪雪——！
幫人家再倒燒酎續杯！
自己倒!!
姐正在談重要事！
小雪也是我從高中就很要好的閨蜜。
是這間我們認定「日本最美味居酒屋」老闆的獨生女。

ハァハァ（HaAHaA）：哈啊哈啊

當我們有事⋯⋯
不，就算沒事，也成天到這來開
呑んべー
女子會。
閒著沒事總之就是想喝一杯時是第1出動。
工作不順想要跟人抱怨發牢騷時是第2出動。
想大講某人壞話時是第3出動。
而這次——
則是只有在急於諮詢「跟男人有關的事」時才會發布的——
第4出動。
原本是消防隊用語!!
20幾歲時，我們還很自然地約在燈光好氣氛佳的餐廳⋯
義大利小館或、西班牙酒吧或、和風餐酒館等
ITALIAN
La Cantin
Spain Bar
EL VUELO
28歲那年，因為阿香這麼說。
感覺呀⋯
我想更有效率地喝個爛醉。
或說我想配著更能下酒的小菜來喝到爽，
沙拉呀義大利麵之類的根本沒必要。
而且很花錢。
紅酒餐點都貴。
想喝到醉得花上將近6千圓
那⋯
要來我家店裡喝嗎？
於是乎，
淪陷。
グビ
グビ
グビ
點鱈魚白子了嗎？
點了點了。
グビ（GuBi）：大口飲用貌

いわし天ぷら 450
ポテトフライ 400
ガーリックポテト 450
さつま揚 400
ちくわカレー揚 400
げそ唐揚 400
還有我想吃豬肝！豬肝！
ハンペンバター
那就來個炸豬肝和豬肝串燒…
爸！今天豬肝能用煎的嗎？
話說你是…工作中…
くわっ
能是能，但你們今天也收斂些…
有啥關係啦！今天可是第4耶！
ずいっ
然後咧!?
很久很久以前，在我生日時拿了個土氣戒指來告白的男人又來追我了…
咦咦咦———！
是…
那個…
土包助理!?
…不好意思。
能請各位小聲一點嗎？
耶？
啊…
好的。對不起～！
然後咧!?
…然後他現在是導播了。
真的假的！
說來那是幾年前啊？
十年前…
隔了十年又在生日來二次告白啊……
還挺不屈不撓的不是嗎？
わしわし
唉呦…
別說告白，這次…
搞不好是求婚哪？
你問這什麼話…

ずいっ（Zul）：趁勢逼近貌　くわっ（KuWa）：睜大眼睛貌

わしわし（WaShiWaShi）：狼吞虎嚥貌

不，我想不至於……
會啦！會啦！年紀也不小了，他幾歲啊？
應該是35……
第一次就送戒指，第二次想必會更真心送戒指……
就是求婚的啦!!
トン
鱈魚白子來了。
不好意思。
那我先點的。
那個！鱈魚白！
啊啊！
抱歉抱歉，還沒給你送上啊。

トン（ToN）：咚

哎吼噗好意思！偶們已經吃掉惹！
真吼吃~
抱歉啊人客，我馬上再做給你。
ガツ
ガツ
然後咧？你要怎麼辦呀，倫子？
他肯定會跟你求婚的喔？
就說不會了呀……
誰在問啥會不會，是問你如果被求婚打算怎辦啦!!

ガツガツ（GaZuGaZu）：狼吞虎嚥貌

嗯……要是真被求婚……
啊？
你猶豫喔!?會猶豫喔!?
會猶豫就表示有可能啊！
可能性幾趴？幾趴!?幾趴啦!?
ガタッ
老闆！我要結帳！
說幾趴我也……畢竟呀……
耶？可是你的鱈魚白……
啊，不用了。就送那桌吧。
ゲラゲラ
ギャハハ

ゲラゲラ（GeRaGeRa）：形容粗俗大笑聲
ギャハハ（GyaHaHa）：啊哈哈
ガタッ（GaTa）：咔噠

ガラ…
多謝招待。
抱歉啊，小哥！
看吧！就是你們太吵搞得隔壁桌客人都走了！
咦？啊，真的哩。
慘囉慘囉…
ゲラゲラゲラ
ギャハハハハ
在東京，妙齡女子窩在居酒屋裡飲酒作樂，沒人會覺得有啥不妥。
バンバン

バンバン（PaNPaN）：砰砰，拍桌聲　ギャハハハハ（GyaHaHaHaHa）：啊哈哈哈哈　ゲラゲラ（GeRaGeRa）：粗俗大笑聲

我喜歡這樣的東京。
也喜歡這樣跟閨蜜們狂喝的時間。
喝好喝的酒……
喝開心的酒……

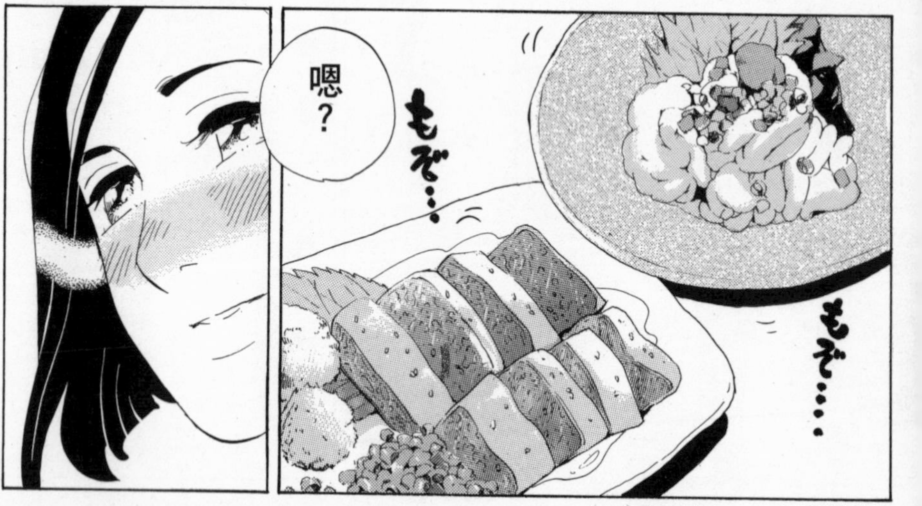

嗯？
もぞ…
もぞ…

もぞもぞ（MoZoMoZo）：爬行鑽出貌

倫子小姐！不可以喝太多哦白白！
ピョ
上個禮拜你才喝燒酎喝到爛醉，第二天工作一團亂呀肝肝！
むくっ
啊哈哈！
鱈魚白子和豬肝在說話～
哎呀，但六年後在東京辦第二次奧運時，這三人不知在哪啊白白……
還是會在這喝酒吧肝肝……
就是說啊～我們也該認真點去參加相親派對呢～
倫子小姐…你可別放過從助理進化成導播的早坂哦肝肝…
鱈鱈…他雖土，卻是個好人白白…
啊咿──……
可是我…對早坂先生沒感…
鱈白白…
不是說這些的時候吧白白？
倫子小姐。年過三十，與其是「去愛人」，女人更要選擇「被人愛」的幸福哪白白!!
淺野溫子在101次求婚裡也這麼說呀白白!!
肝呀！肝呀！倫子小姐的年紀也是年紀了，說不定這就是你的最後機會啊肝肝？
要是讓他給跑了……
ピョン（PyoN）：蹦出貌　むくっ（MuKu）：猛然起身貌

你就一輩子
單身到死啦啦啦
ドーン（DoN）：唐突迸出貌
ハッ（Ha）：嚇
ガバッ
夢…我做夢…？
這…這什麼惡夢…簡直恐怖片…
ガン ガン ガン
就這樣，很快就到了那一天。
SONEA RIK
ガン（GaN）：宿醉頭痛　ガバッ（GaBa）：猛翻起身貌

呃…這件…胸口也太開了吧…
哎呀沒關係的啦，露這樣差不多剛好。
倫子的賣點就是那對F罩杯呀！
等等，應該還有其他賣點吧…
長相啊…性格啊…
不好意思，這些我們全要買！
用帳單分期刷！
我說呀…這…我沒準備要花這麼多錢…
5…5萬!?針織連身裙?
沒關係啦沒關係！
都30了不穿好點怎麼行！
你不就是為了這在工作的嗎？
ぐっ（Gu）：緊握貌
這樣他也會再迷上倫子的呀！
準沒錯！
ぐっ

真是的……
我們從以前就這樣，
總是將心比心，為了彼此的戀情操心費心…
要加油啊——！
カッ
カッ（Ka）：咔
好了。
被她們送上舞台的我，
該怎麼做呢？
カッ
カッ
カッ
難道會在今晚與他訂終身嗎？

ぱあっ
倫子小姐!!
ドキーン
ぱあっ（PaA）：（笑顏）展開貌
ドキン（DoKiN）：怦然心動貌
這個人……
真是笑得好開心呢……
10年前，明明我那樣壞心甩了他。
真是個內心堅強的人哪。

那我來點…
先各來杯氣泡之後，請你們配合餐點選些白酒吧。
自然釀造是我們滿推薦的。
啊，之前喝過。自然的夏多內很好喝。
選酒也很老練…
最近我常來這家店。
餐點美味還開到半夜，實在方便。
隱身在小巷間的特色小酒館…
…呃。
10年前，剛到東京來，我完全不懂餐廳這些…
居然…
不知好歹帶倫子小姐去高級餐廳…
真的是…
那時真的是很抱歉。
不…不用抱歉啦。
那家店的東西也很好吃啊…
雖然我也不太記得了
這家是以南法鄉村料理為主的餐廳。
肥雞肝醬非常好吃呢。
倫子小姐吃內臟類嗎？
ウキウキ
啊，是！很喜歡。
那就連鄉村麵包一起點來嚐嚐吧！是這家店自製的喔。
キャピ

ウキウキ（UKiUKi）：喜孜孜貌

キャピ（KaPi）：裝可愛貌

哇……這好好吃喔。
對吧？
麵包也美味!!
咦？
糟糕。
我好像滿開心的。
當時那麼不起眼的土包子……
10年的歲月過去，成長為如此出色的王子……

再度前來迎接我——
哇……
這視野真棒……
我們這棟沒在管制頂樓進出，以前聽說還能游泳呢。
哇！有游泳池!?
是啊，這樓是趁當年辦奧運時蓋起來的呀。
喔喔……
不愧是倫子小姐……連辦公室都設在很有意思的地方……
呵呵。
雖然老舊，但我滿喜歡這的。
……
早坂先生。

你想說什麼話呢？
…啊…真是對不起。
カァァァァ
本來是想在剛剛吃飯時跟你說的…
只不過…仔細想想，在常去的小店裡講，要是讓老闆店員聽到也挺害臊的…
這裡講就沒問題啦！
只有你和我兩個人而已。
啊哈哈
カァァァァ（Kaaaaa）：突然臉紅貌

……
是……
那…
呃，以我現在的身分…
跟現在…身為工作伙伴的劇本家倫子小姐這麼説…實在……
實在是…真的…
我也很清楚，比起10年前…
這是比那時還要難以啟口好幾倍的事……
ゴソ…（GoSo…）：翻找取物貌
我自己…
也明白這很可笑…
ゴソ
就算會惹你白眼…
就算會被你覺得噁心…
但…
無論如何，我……
還是想讓倫子小姐理解我的心意。

難不成…
又是戒指？
…請…請你別笑我。
倫子小姐。
ドキン（DoKiN）：怦然心動貌
……噗
好的。
啊！你已經笑出聲了呀！
真的很抱歉。
好的。
我不會再笑了。
ぱっ（Pa）：(笑顏) 展開貌
……請說。
倫…倫子小姐。
我……

我想跟倫子小姐的助理——麻美妹以結婚為前提交往！
BVLGARI

カッ
カッ（Ka）：突然一閃貌

ちゅどーん（ChuDoN）：咻咚。形容大爆炸聲

就是前幾天啊！倫子小姐戴上麻美妹帶來的怪怪戒指時，尺寸不是剛好嗎!!
所以…啊，你還記得嗎？很久很久以前，我被倫子小姐甩掉時的那個戒指，我把它從抽屜裡挖出來拿到寶格麗去…
BVLGARI
還請店員幫我選了一個適合麻美妹，年輕女生會喜歡的戒指!!
你覺得如何呢？選這個沒問題吧？
カ
パカ（PaKa）：啪喀
在交給麻美妹之前，我想請問倫子小姐的意見!!
畢竟倫子小姐你…
フー（Huu）：呼一
做為一個劇本家，想必比誰都懂女人心!!!
ド
酒処
ドン（DoN）：咚
ドド

ゴッゴッ
ゴッゴッ
ゴッゴッゴッゴッ
ゴッゴッ（GoGo）：咕嘟
どん。
どん（DoN）：咚
スクッ
スクッ（SuKu）：迅速起身貌
好！
來去死！
うん 嗯
等等等等等等等等等等等等你等會兒！
拜託那丫頭才19好嗎？頭毛都粉紅的耶？魅力呀女人味啥的一絲都沒，活像個原宿小鬼啊哈哈哈哈哈…
羅莉控，羅莉控。
日本男人都是羅莉控。

羅莉控……
總而言之！這次只是個意外事故!!
單純是意外事故!!
人生的辛香料!!
還辛香料哩，根本毒藥吧。
沒關係！倫子！只要照往常每天努力工作，也不忘提升自己!!
小臉按摩和岩盤浴和天天敷面膜！
然後來我這做指甲!!
只要好好做這些的話!!
一定會有更好的男人出現的!!
……那……如果我變得比現在更漂亮的話……
嗯！更漂亮的話？
……減肥瘦個五公斤變漂亮的話……
可以跟那個更好男人結婚嗎？
可以！當然可以！
當然也要是倫子也對那個更好男人有意思的話啦!!
如果喜歡他的話……
好！今天女子會要喝到天亮!!
伯伯！鱈魚白和煎豬肝!!
我要燒酎加冰塊！
只能給它喝下去了啦啊啊啊啊
我說啊，幾位大姊——
從上次鬧到現在，你們有完沒完啊。

フッ（Hu）：哼

フルフル（HuRuHuRu）：顫抖貌

……
啊？
我是喜歡這家店的氛圍才常來這的。
女人之間要嘰嘰喳喳，去附近有包廂吃氣氛的酒館講就好了吧。
你……！
一路聽下來，都歐巴桑了，還在那邊什麼女子會的…
根本沒個影，還講什麼跟好男人結婚的……
唉，真令人感佩。
人都幾歲了，還在講這種「如果瘦下來的話」、「要是有意思的話」之類毫無根據的夢話，而且居然能聊得那麼開心……
グビ
在我看來，你們這才不是什麼女子會。只是幾個…
長舌剩女在做白日夢——
罷了。
也無所謂啦。
就這樣一輩子跟閨蜜窩在一塊…
ト
グビ（GuBi）：大口飲用貌

拿魚白豬肝下酒喝到死吧！
你們這群白日夢女!!

……
……糟。
我是說得太過分……
……了嗎？
老闆！我要結帳！
にょーん
にょーん（NyoN）：伸長貌
那，
我要溜了。
スタスタ（SuTaSuTa）：逕自走去貌
スタスタスタスタ

還請慢慢用啊。
歐巴桑！
ガラガラ（GaRaGaRa）：咔啦咔啦，拉門聲
ガラガラ
ピシャン
白日夢做著做著，眨個眼就來到了這年紀。
然而看來……
ピシャン（PiShaN）：拉門閉上聲
我們似乎已經沒時間慢慢來了。

ACT 2 白日夢女和金髮男

我當然明白成天講著如果如果也無濟於事，
但是如果10年前我接受他的告白，心胸更寬大一點的話。

也許現在我就不會如此孤單。
頂著宿醉的腦袋…
今天又做著這樣的白日夢。

嗚——
我又喝太多了……
ガンガン
你這白日夢女！
ドーン
昨天晚上那可憎的記憶——
ドーン（DooN）：唐突出場貌
ガンガン（GaNGaN）：宿醉頭痛
那個混蛋傢伙…………
わなわな
以為自己年輕有點帥就給我囂張…
ブツブツ
下次一定要給他好…
ハッ
看嗯啊…
ブツブツ（BuTuBuTu）：碎唸貌
ハッ（Ha）：嚇
わなわな（WaNaWaNa）：發抖貌
對…對不起…
我真是的……！
ハッ
好痛！
根本不是人嘛！
也一點都不帥!!!
ごりんばし
這是什麼!?「五輪橋」？
第一次注意到這裡有這個…
ごりんばし
五輪？難道這也是當年奧運時蓋的…

ごりんばし
上面還有圓圓的地球哪…
倫子姐太猛了！
居然把額頭撞出血！
キャハハハ
キャハハ（KyaHaHa）：呀哈哈　プリ（PiRi）：有彈力貌
プリ
不好意思，讓你用我的OK繃喔。
好！貼好了。
ペタッ
…謝謝你，麻美妹…
我的心比我的額頭痛啊……
讓人難以直視的19歲光滑嫩肌…
ぺたっ（PeTa）：密合貌　グサ（GuSa）：穿刺聲
你聽我說，昨天晚上早坂先生寄一封怪信給我～
他問我要不要今天晚上兩個人出去吃飯，
那是什麼意思啊？他想從我這邊打探倫子姐的事嗎？
グサ
グサ
グサ
麻…麻美妹…
我啊…
怎麼？
其…其…
其實…
怎麼了？

倫子拼命演
我啊……
我從很久以前……就覺得跟早坂先生合不來呢……
咦！原來是這樣嗎？
嗯呼呼…
是……是這樣的……
說來也是!!
他有的時候挺噁心的。
應該說鬼鬼祟祟還是厚臉皮…
……麻美啊……
你覺得他那樣的人怎樣啊？
サッ（Sa）：動作迅速貌
哎呀，人家不喜歡大叔啦。
應該說我喜歡幼齒的……
我目前在跟一個高中生交往啦。
サッ
嘿嘿，要不要看照片？他超帥的喔。
你看♡
咦咦咦咦咦咦咦咦咦
超超超超可愛的吧，他跟模特兒KEY有一點點像哦。
之前啊他在表參道上了「SNAP」的街拍哦～
哇啊…高中生就穿成這樣…
也就是說……
麻美你已經有男朋友了啊。
也是啦……
我有啊～我從國中就開始就男友不斷呢。
原來……
原來是這樣啊……

チャッ（Cha）：動作俐落貌

プハ（PuHa）：噗哈　　ゴッゴッ（GoGo）：咕嘟　　ドン（DoN）：咚

你他媽活該啦啦啦啦啦

ハハハ（HaHaHa）：哈哈哈　ドン（DoN）：咚

被甩吧！被甩吧！
用寶格麗的戒指華麗地被甩吧～！
耶～耶～
太好笑了！
19歲有男友也只是剛好!!
對了這麼吵不會又要被那個金毛盯上…

ゲラゲラ（GeRaGeRa）：形容粗俗大笑聲　フーウ☆（HuuU）：呼ー嗚☆

很好！他今天沒來！
那個金毛真的太糟糕了…
人長得小帥就自以為是…
我長這麼大，還是第一次在居酒屋被完全不認識的人說成那樣……
那傢伙說啥來著…
他把女子會叫…
「長舌剩女在做白日夢」

長舌剩女在做白日夢
行き遅れ女の井戸端会議
隔了一天，冷靜下來後受到的打擊傷害暴增幅度
ズガァァァン
ギュン
還有…那傢伙還說我們…
說我們邊吃魚白豬肝邊說夢話，叫我們白日夢…女…
真是太會說話了，給他一個坐墊吧!!
山田くーーん
咦？
山田老弟？
ガラ
哇啊。
你們又來啦。

ガラ（GaRa）：咔啦　ズガァァ（ZeGaaa）：打擊音　ギュン（KyuN）：急縮急降貌

山田くん：山田老弟。日本老牌綜藝節目『笑點』中以此暱稱負責拿獎賞坐墊來的山田隆夫

總而言之，
昨天晚上真是抱歉。
怪恐怖…
去坐邊邊好了…
沙
小兄弟，你來這邊坐吧！
請用！這由本店招待！
鮟鱇魚肝！！
咦？
真的可以嗎？
不好意思，她們幾個每次都很吵，這算是點歉意啦。
這樣啊…那我就不客氣了…
老爸，你那是什麼意思啊！
為什麼要請那種傢伙吃鮟鱇魚肝，你知道他昨天怎麼說我們嗎？
パキ
パキ（PaKi）：啪嘰

白日夢女吧？
こくこく
唉呦，那真是太貼切啦！
小兄弟，你真是天才!!
三個不結婚每天在這喝酒做大頭夢啊。
你們歧視女性哦！
こくこく（KoKuKoKu）：點頭貌
謝謝各位的聲援與支持！
乾杯！
你們裝什麼熟啊！
不理他們！喝吧喝吧！
真討厭，那傢伙誰啊。
很年輕吧，大學生嗎？
一頭金毛，是玩樂團的人吧…
キリッ（KiRi）：毫無猶疑貌
我最討厭玩樂團的了！
因為全都是傻瓜！
你之前有個男友就是搞樂團的吧？
過去式就別提了！
是啊，要是你跟那傢伙結婚的話，現在搞不好已經生兩個小孩了。
才不要，那種沒收入的男生！
可是阿香你收入不錯，只要忍耐一下就好了吧。
看，又開始了。

可是啊，報應等著瞧呢那個死戀童癖。
沒錯，居然跟頭髮半邊粉紅色，走原宿時尚的19歲女孩告白，還以結婚為前提，太搞笑了。
每個只要女孩年輕就好的30歲男人都去死吧！
我想借酒澆愁，
畢竟這次的傷害太大了。
因為……
因為我……
還專程去買衣服。
那還是裝成「我才沒為了你特別去打扮」的黑色針織洋裝……
可是卻在胸前大開口來強調事業線……
而且花了我5萬日幣……
包包是氣質美女感覺的亮光手拿包，
鞋子特別選了讓腿看起來比較修長漂亮的米色高跟鞋，而且是我平常不穿的9公分高跟……

在強調事業線的針織洋裝外面——
「我是有工作的女性，
是個自立自強的女性。」
「是個有著知性美的
成熟女性。」
「我才不想要男人。」
罩上包含這三個訊息的
米色風衣——
倫子的大反省會
利用反差讓露出的北半球，
看起來更有女人味…
這樣的心機…
配合早坂先生隔了10年
之後的二次求婚…
採用這般完美的…
「蛻變為成熟美女的我」
如此主題明確的
穿搭赴約…
我看到寶格麗
盒子那瞬間，
不由自主心跳
加速…
可是那不是給
我的，而是給
19歲的…
哇啊啊啊
BVLGARI

啊啊啊啊啊啊啊啊
ゴン
倫子!?
好痛啊！
撞到早上撞到的地方
倫子——！
怎麼了！怎麼了！
你是醉了嗎？
沒有…沒事，我只是…
有點想失憶，所以才……
好吧。
喝吧！
今天要盡情地喝！
ドボボボ
老闆，拿酸醋魚白跟煎豬肝來！
你們今天少喝點啦！
……
不過真是太好了。
麻美已經有男朋友了。
早坂先生會怎麼辦呢。
被甩之後，會把戒指拿去退嗎？
不，他很不死心，也可能會繼續追求下去吧。

ゴン（GoN）：叩咚

ドボボボ（DoBoBoBo）：液體流入容器貌

還是，
馬上去找下一個年輕女孩呢…
倫子小姐，戀愛沒有那麼單純哦白白？
就是說啊。被甩了馬上去找下一個…不是這樣的肝肝。
又出現了……
早坂先生被甩了之後會很難過吧白白。
如此一來倫子小姐你只要去安慰他就好啦肝肝。
啥？
開什麼玩笑，為什麼我…
因為早坂先生對麻美的愛意只有對倫子小姐一個人說啊白白。
就算他不喜歡你，他也很依賴你啊肝肝。
ビシッ（PiShi）：態度毅然貌
被他依賴也沒什麼好高興的……
不不不，倫子小姐，你聽好白白？
你們已經沒有時間了白白。
也就是說，不要錯過任一個相逢或戀愛事件，並且要仔細栽培來連接到下一個機會，這是很重要的肝肝。
被嫌棄也不要放棄！再次追求成功的機率增加30%!!!
不…不要錯過…？
聽好了白白，早坂先生是曾經非常喜歡倫子小姐的人哦白白？
他這可是很貴重的建案哦肝肝！

唉……
倫子小姐……我被甩了……
麻美妹她有男朋友了……
哎呀……
這樣啊……
早坂先生，打起精神！一起去喝一杯吧！我請客！
倫子小姐……
TARAREBAR
グイグイ
喔呵呵……
啊哈哈……
什……！
什麼鬼啊!?
應……
應該不會變成那樣吧……！
不過…男女之間什麼事情都有可能發生的……
ドキドキ
你在跟誰說話啊？
呀呀，真是的……
今天又喝成那樣了……
還沒嫁人的女孩子……
ぐびっ
ゲラゲラゲラ
老闆！拜拜！
多謝招待了～
ハムかつ 300
チーズフライ 450
ちくわ磯辺揚 400
湯豆腐
豚ちり鍋
おでん
煮豚 600

グイグイ（GuIGuI）：猛喝酒貌

フー（Hu）：呼—

ドキドキ（DoKiDoKi）：心跳不已貌

ゲラゲラ（GeRaGeRa）：形容粗俗大笑聲

ぐびっ（GuBi）：大口飲用貌

ガラ
唉唉…
太好了太好了。
死羅莉控被甩掉…
啊！
金髮的！
你也是…
你也是羅莉控吧！
……
ピ
沒錯沒錯！
ピ（Pi）：嗶
ガラ（GaRa）：喀啦
日本男人全~都是羅莉控啦！
YES！
對吧！對吧！
グラ
グラ
說來…
你為什麼頭髮要染成金色啊？
無視
ガッ
咦…！
啊！哎哎…
グッ
ドターン
呀！
ガラガッシャン
ガラガシャン（GaRaGaShaN）：喀啦喀喳　ドターン（DoTaN）：撲地貌　グラッ：搖晃貌　ガッ（Ga）：喀，碰撞聲

好…
好痛……
倫子！
你沒事吧!?
嗚～……
沒事才怪……
喂！你也真過分！
不要在那邊玩手機，快點來幫忙呀！
……
為什麼我非幫你們不可？
是你們自己要喝，自己要醉的吧？
什麼…
唉唉…
可惜這茶花開得這麼漂亮…
女生喝醉摔倒還能讓男生扶只有在25歲以前。

30幾歲的要靠
自己站起來。
你們早都已經
不是女生了⋯
不是嗎？
不是⋯⋯
女生？
奇怪？
是這樣嗎？
我們幾個⋯⋯
已經不是女生
了嗎？

還有6年就是奧運了，
那個時候我們已經40歲。
ごりんばし
如果6年後還是跟現在一樣形單影隻的話，
走在有如祭典般的東京街頭……
我們幾個…

究竟要用什麼表情去面對呢？
會不會後悔33歲的時候……
不努力讓自己嫁掉，反而老是搞什麼女子會……
一臉懊惱地走在東京街頭呢？
然後又在那家店，
反省說如果那樣就好了…
如果更努力一點就好了…
一邊吃魚白豬肝一邊喝…
40歲還在搞女子會。

……
那實在太恐怖了……
如果變成那樣的話…
ごりんばし
我們已經沒有時間了。
接下來還要去遇到哪個誰…
喜歡上那個誰…
把心情傳達給對方知道…
能順利在一起是最好，萬一不行的話就再找…
我們已經沒有時間去這麼做了。
而且話說回來，根本不知道能不能遇到喜歡上的人。
這樣的話……
我再多努力一下吧。
我覺得把我那時對早坂先生的感覺，
繼續培養下去應該也不錯。
因為我們已經不是「女生」了，
反正本來就沒辦法談跟少女漫畫一樣閃閃動人的戀愛……

大人應該有大人的戀愛方式。
好……
總之先從找被甩而難過的早坂先生去喝酒開始吧……
……
我變得堅強啦……

ニッコリ（NiKoRi）：滿面笑容貌

早安！天氣真好！
倫子姐……
我被嚇死了……
昨天晚上…早坂先生找我出去，突然跟我說「請跟我交往」…
嗯！
其實我已經聽說了♡
然後？你跟他說有男友後有怎樣嗎？
ニッコリ
Hello

沒有啦，總之我想先跟他交往看看!!
仔細談談之後，我覺得早坂先生其實還滿不錯的呢♡
ピカーン
ピカーン（PiKaN）：閃亮貌
倫子姐你看這個~寶什麼麗的戒指！
這個很貴吧!!
真不愧是大叔好有錢哦♡
麻美…妹…啊？
奇怪…你…不是有…男友嗎？
啊，那個啊。
總之我想先跟他們兩個同時交往啦!!
畢竟我小男友還是高中生，不知道以後會怎樣呀。
而且早坂先生說這樣也可以。
所以呀，這週末我們兩個就要去泡湯喔！
好像是箱根那個叫什麼的超高級溫泉旅館？就是啊那種高級的呀……

好像在房間裡就有露天溫泉，
餐點好像也很棒的說~
ピシ
ガラ
ヒュン
ツッ
ヒュン（HyuN）：咻　ピシ（PiShi）：裂開聲　ガラ（GaRa）：喀啦
ガラガラガラ
看吧白白!!
要是倫子小姐在10年前也跟麻美妹一樣，總之先交往看看就好啦白白!!
那樣的話現在就是嫁到導播老公，既有男人也有工作的劇本家啦肝肝!!

因為男人很土就看不起人家白白！
結果遭天譴啦
肝肝！
アハハハハ
どちゃ
我站不起來了。
アハハハハ（AHaHaHaHa）：啊哈哈哈哈　どちゃ（DoCha）：落水聲
30幾歲的要靠自己站起來!!
就算被人這麼說…
我也不知道該怎樣站起來。
因為這些年來…
我們打著女子會的名義成天喝酒。
老是抱怨沒有豔遇，沒有好男人。
同情嫁給跟無聊男生的同學。
Sohey & Sae
結婚しました
嘲笑老是參加聯誼的年輕女生。

然後我們在30歲之後，
不參加比賽，
只遠遠看著其他人
在努力奮戰，
自己坐在板凳上，
淨是說一些自以為
了不起的話。
球衣一直穿在身上…
總是很有信心覺得
隨時可以上場。

然後在九局下半兩人出局滿壘的局面登場代打，
都等了這麼久，相信自己一定能在最戲劇化的場面，揮出逆轉滿壘全壘打——
才對…
スカッ
スカッ（SuKa）：揮空踩空貌
……奇怪？
倫子選手，你揮棒速度比20幾歲的時候慢了很多呢白白。
你偷懶太久了，所以派不上用場啦肝肝。

トボトボ（ToBoToBo）：走路無精打采貌

……
第4出動!!!!
ピ…
…這樣根本算不上是第4出動吧…
而且昨天才喝過…
唉…
我累了…
今晚去便利商店隨便買點東西打發吧…
ヨロ
ヨロ
RAWSON
這些要加熱嗎？
啊……
不…不用了…
特集
大人の恋のはじめかた
大人開始戀愛的方法

ヨロヨロ（YoRoYoRo）：搖搖晃晃

謝謝惠顧！還請再光臨！
哼……
老娘賞臉買來看看，渾帳傢伙。
ヨロ
ヨロ
ごりんばし
嗯……？怎麼了……？
啊。好像在拍片……
好煩哦。這邊真的很常有人來拍片……
くるっ
走別條路回家吧。
ドン
哇啊……
可惡……又撞到地球橋了嗎……
奇怪？
咦……
地球說話了？

ヨロヨロ（YoRoYoRo）：搖搖晃晃

ドン（DoN）：咚　くるっ（KuRu）：轉身回頭貌

嚇我一跳。
原來是白日夢小姐。
為…為什麼你會在這裡啊…
嗯…為什麼大嬸你要突然調頭啊？
你這樣真的很讓人困擾
我才不是大嬸！我…才三十出頭！
ムカッ
又來了。逃避現實的自稱。
誰逃避了啦!!!
你在這裡幹什麼！這是我的地盤啊！
啊。拍片呀。
我朋友的樂團找我拍MV。
ムカ（MuKa）：不爽上心頭貌

哈！樂團的MV！年輕人好有趣啊！
是啊。比你的女子會有趣多了。
喂——！要開始囉——！
啊…馬上去！
ムカムカ
那，就這樣！
啊。
ムカ（MuKa）：不爽上心頭貌
你的鼻子，
沒事吧？
蛤？
你昨天摔得很嚴重，
我還以為你鼻子斷了。
啊…那個啊…不好意思…只是有點擦破皮…
好…好丟臉…
是嗎？
對了，你要不要戒酒？
滿臉都是OK繃的三十出頭實在慘不忍睹啊。
嗚!!!

戒酒？
想的美！
你沒有資格講我啦！
這樣啊。
那就隨便你了。
快點來！要開拍了！
對不起馬上去！
那個死小鬼算老幾啊……
沒喝酒的時候口氣也一樣囂張……
什麼MV啦外行人！
這群傢伙看來是大學生的電影社…還是專門學校的？
土死了！
樂團的MV!!
死小鬼!!
哼！
我再也不想見到他!!
真希望他再也不要去那間店!!
ムカムカムカー!!
ドサ

ドサ（DoSa）：咚沙

ムカ（MuKa）：不爽上心頭貌

チーン
チーン（ChiN）：叮
一邊看著表參道漂亮的夜景……
一邊一個人吃便利商店買來的晚餐……

啊，原來如此。
我已經…
欲哭無淚了。
年輕的時候，
會難過會悔恨，
失戀時會哭一整晚，
可是現在，
只剩下滿滿的…
空虛。
DRY
Asahi

……
不行……
這樣不行……
這樣很糟……
要是我接納這種空虛就真的完蛋了……！
ガッ
バッ
「大人的戀愛」特集快點救救我吧！
今一番 気になる男たち
目前最讓人在意的男神們
俳優

バッ（Ba）：啪　ガッ（Ga）：猛抓貌

今、一番気になる男たち
目前最讓人在意的男神們
KEY
KEY·模特兒
キー・モデル
叫我們白日夢女的那個人，
在雜誌裡頭露出一臉瞧不起我的笑容。

ACT 3 蜂蜜土司女

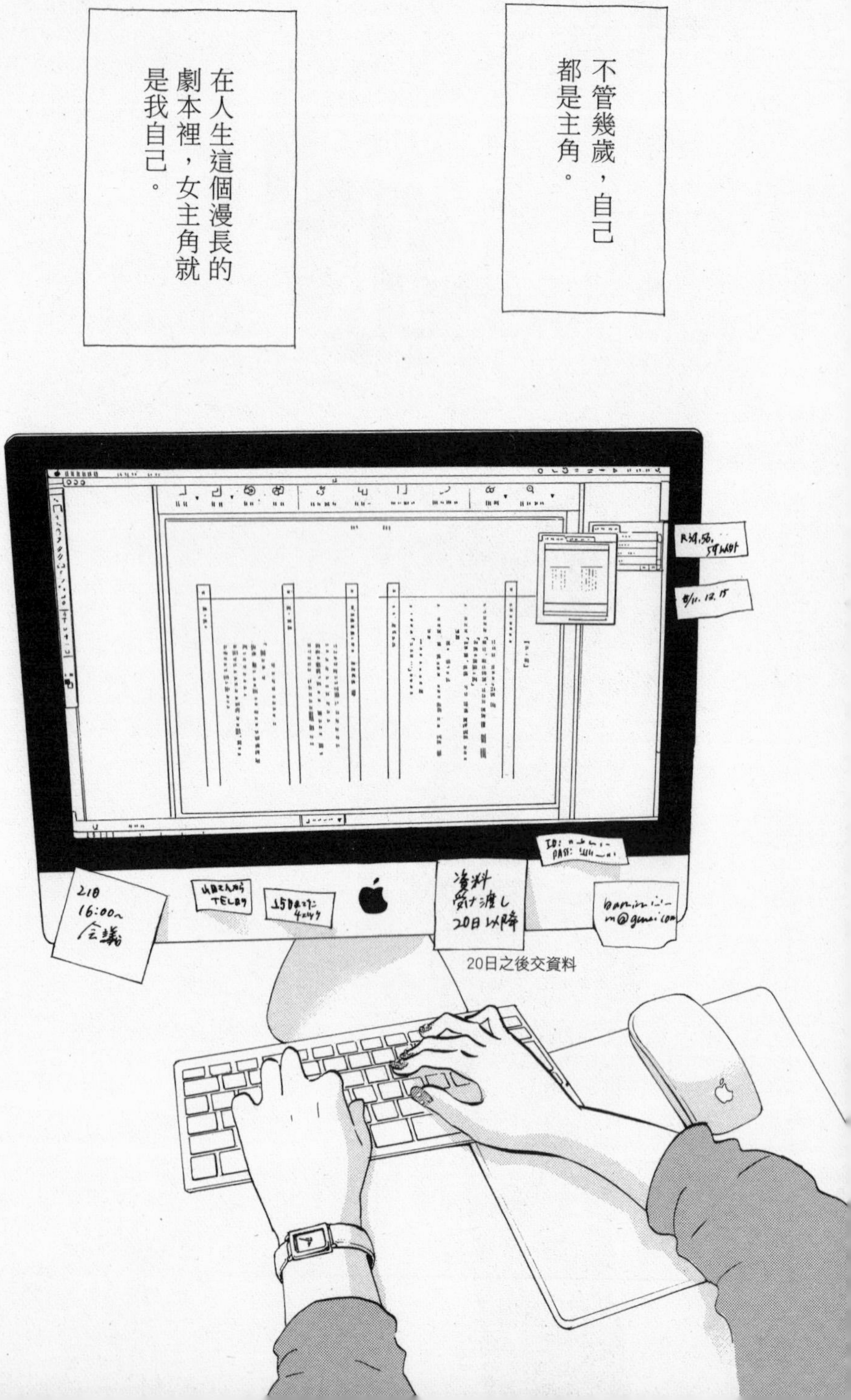
不管幾歲，自己都是主角。
在人生這個漫長的劇本裡，女主角就是我自己。
21日 16:00～ 会議
資料 受け渡し 20日以降
20日之後交資料

我覺得那是很幸福的一件事。
可是…不知是怎麼搞的…最近讓人沮喪的事實在太多了。
en・em
特集
大人開始戀愛的方法
大人の恋のはじめか
パラ…
今、一番
你這個白日夢女！

パラ（PaRa）：啪啦，翻動貌

女生喝醉摔倒還能讓男生扶只有在25歲以前。
你們早都已經不是女生了!!
不是嗎!!!
為了繼續擔綱人生的主角，
我覺得最近周遭給的壓力也未免越來越大……
BBB online 網路劇
無盡的派對（暫定）
選角會議
候補人選

倫子小姐!!
倫子小姐，你有在聽嗎？
你怎麼在發呆啊。
昨天熬夜完成這個，你現在一定很睏吧。
對不起，我並沒有想睡覺！只不過有點…
ハッ（Ha）：嚇
怎麼？男人？
算是…男人啦。
咦。
倫子小姐交男朋友了嗎？
咦…這個嘛…那個…這個…
哈哈…
太好了！我跟麻美妹都很擔心你呢！
麻美妹總是很留意有沒有配得上倫子小姐的好男人…
麻美妹真的很喜歡倫子小姐呢…
麻美妹麻美的吵死人了!!!
ギリッ

ギリッ（GiRi）：咬牙忍耐貌

好，閒聊到此為止！
ドサ
ドサ
這是經紀公司提出的各角色候選人。
還請看看。
主角就如同原訂，決定由真田陽子跟向田修擔任。
キャスト
よう子
いさむ
ドサ（DoSa）：咚沙
接下來年輕的咖啡店店員大輔這角色…
就好像有點問題，演出人選一直決定不下來呢。
畢竟是網路劇，也沒什麼預算，所以候選人都是沒什麼名氣的…
啊!!!
パラ
パラララ
パラ（PaRa）：啪啦，翻動貌
ビクッ（PiKu）：受驚貌
人家好喜歡這男生!!
模特兒KEY!!!
咦！
ビクッ
KEY
SANY VAIO
資年堂「ONO」
有印良品
Works
MAG：
MEN'S NAN-NA, smort,
mook, MEN'S NAN-NA, smort,
magazine, RINEBOYS
Samu,
men, 服苑

啊！這孩子最近頗有聲勢哦，
倫子小姐，你聽過他嗎？
聽過……吧…應該…
喔喔！
想不到40前後的也知道他。
我是30前後！
33還是30前後！
這傢伙不行啦！
這傢伙是模特兒吧？模特兒根本不會演戲吧!!
沒關係，畢竟是網路劇嘛。
而且電視台做不到、不會做的選角，反而是我們的賣點，
演技不好也沒問題啦。
對吧。導演。
這種誰來演都沒差啦…
導演拜託你有點幹勁好嗎!!
放空！
就算是網路劇，只要造成話題，也有可能會發行DVD，進軍電視也不是不…
不可能不可能…
網路劇沒那麼流行了，去年晨間劇跟民營電視台的連續劇收視率都非常好，觀眾都開始回到電視去了啦。
不！這樣反而是好機會啊！

導演，話不是這麼說…
如果能起用當下極具話題性的人選參加演出，
進而吸引平常不看連續劇的年輕觀眾收看，我相信這企劃一定會成功的！
きゅん…
早…早坂先生…
不過這傢伙已是別人的男友
でもコイツはもう人のモノ
きゅん（KyoN）：心動貌
可是我不認識這傢伙，叫啥KEY的，這傢伙到底是哪國人啊。
這有影片…
或說知名樂團BUMKEY'S的每支MV都是他主演…
就是這個。
カチカチ
パ
パッ（Pa）：啪　カチ（KaChi）：咔嘰　ザン（ZaN）：沙
ザン…
ゴクリ。
ゴクリ（GoKuRi）：吞嚥聲

ザザン

ドキン

ドキン（DoKiN）：怦然心動貌

好讚啊。好讚啊。
真是超帥的♡
他身高多少？
186
不錯啊！
女主角身高170，我覺得男角高一點比較好。
バサ
這傢伙不錯嘛。
光看照片覺得長得娘娘的，動起來還有頗男子氣概的⋯

バサ（BaSa）：啪沙

不，這傢伙恐怕⋯⋯！
他跟我預設的形象不一樣！
我劇本裡的形象是更純樸、普通的⋯⋯
我覺得他很不錯，
總之先跟他見個面吧。
咦！
這太扯了吧？
酒処 呑んべえ

你認識嗎？
我不認識！根本沒看過！
我們果真是大嬸了。
我居然沒察覺那傢伙是圈內人…
因為工作的緣故，我年輕時雷達超廣的，不論是演藝圈、樂團、暢銷金曲，我知道的比任何人都詳細……
的確…最近我也對那方面有點不熟了…
對了，你去唱KTV時唱什麼？
現在還是專唱小室家族！
不看電視？
『六人行』DVD倒是重看100遍。
我們完蛋啦！
這樣的話，那個總看了吧？『花邊教主』。
沒耶，我最近都在看『歡樂合唱團』。
完蛋啦！又開始聊外國影集了啦！
這樣一定又會被那傢伙虧…
ガラ
ハッ
老爹，好久不見了~
哦，歡迎光臨！
がくっ

がくっ（GaKu）：落膽貌　ハッ（Ha）：嚇　ガラ（GaRa）：喀啦，開門聲

我在期待…然後失望個什麼啊？
因為那傢伙是藝人，所以我就轉追星模式期待看偶像嗎？
ゴス
話說回來，為什麼那種時髦的模特兒會在這種庶民居酒屋出沒啊！
他似乎常來好陣子了，
我還以為他是紅不起來的樂團成員。
ピ
キキ
可惡…居然被那種三流藝人破壞我們的休憩場所……
老爹!!
以後不准那傢伙進店裡來!!
要說的話，我才想不准你們進店裡來啦!!
所以說，那傢伙真的要演倫子的連續劇嗎？
那應該不是什麼重要的角色吧？
不，那應該算是…第三主角，所謂男二吧……
30幾歲的女主角在年長的有錢人跟年輕的咖啡店員之間搖擺，他飾演咖啡店員…
那不是超重要的角色嗎！
哎呀你的劇好像很有趣啊！

ゴスッ（GoSu）：打擊音

ピキキ（P KiKi）：怒上心頭貌

可是說來倫子你真的很會寫這種故事啊。
上一齣也很精彩！30出頭的女主角被神秘的帥哥流浪漢纏上，其實那傢伙是IT社長…！
還好啦，說來說去觀眾還是最喜歡這種故事啊。
應該說每次倫子都把願望赤裸裸地寫進去。
慢著！
才不是！我是在幫你們實現願望耶！
是這樣嗎!?
那下一齣請讓我跟福山在一起！
我要傑尼斯的小帥哥！
喔…可是呀可是…
雖然是網路劇…要是那個沒沒無名的模特兒知道自己在居酒屋挖苦的女性…居然是編劇的話…
ふふん
態度一定會180度轉變吧。
演藝圈不就是那樣。
還好吧。
基本上我也有決定演出卡司的權力，
等他向我低頭的時候，我再狠狠地唸他兩句。

ふふん（FuFuN）：輕笑

我才不會選你!!
かき天ぷら 550

ギャハハハ（GyaHaHaHa）：呀哈哈哈哈

帥啊！倫子老師太酷啦!!
ギャハハハ
未來的橋田壽賀子!!
區區模特兒怎麼可能當演員啦！渾帳傢伙!!

カッ（Ka）：咔

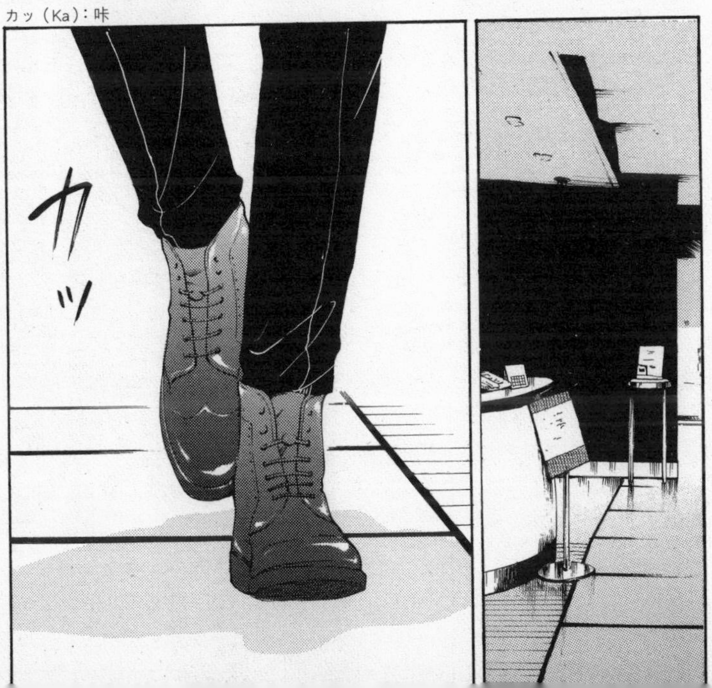
カッ

ホウ（HoU）：讚嘆聲　キャッ（KyA）：興奮叫聲

然後為了至今的種種失禮言行下跪道歉吧！
フッフッフッ
然後這位則是擔任本作品的編劇……
ズイッ
ズイッ（ZuI）：不客氣貌　つーん（TuN）：面無表情　スッ（Su）：起身貌　フッフッフッ（FuFuFu）：呼呼呼
我是編劇鎌田倫子。
你好呀。
你好……初次見面。
つーん
咦

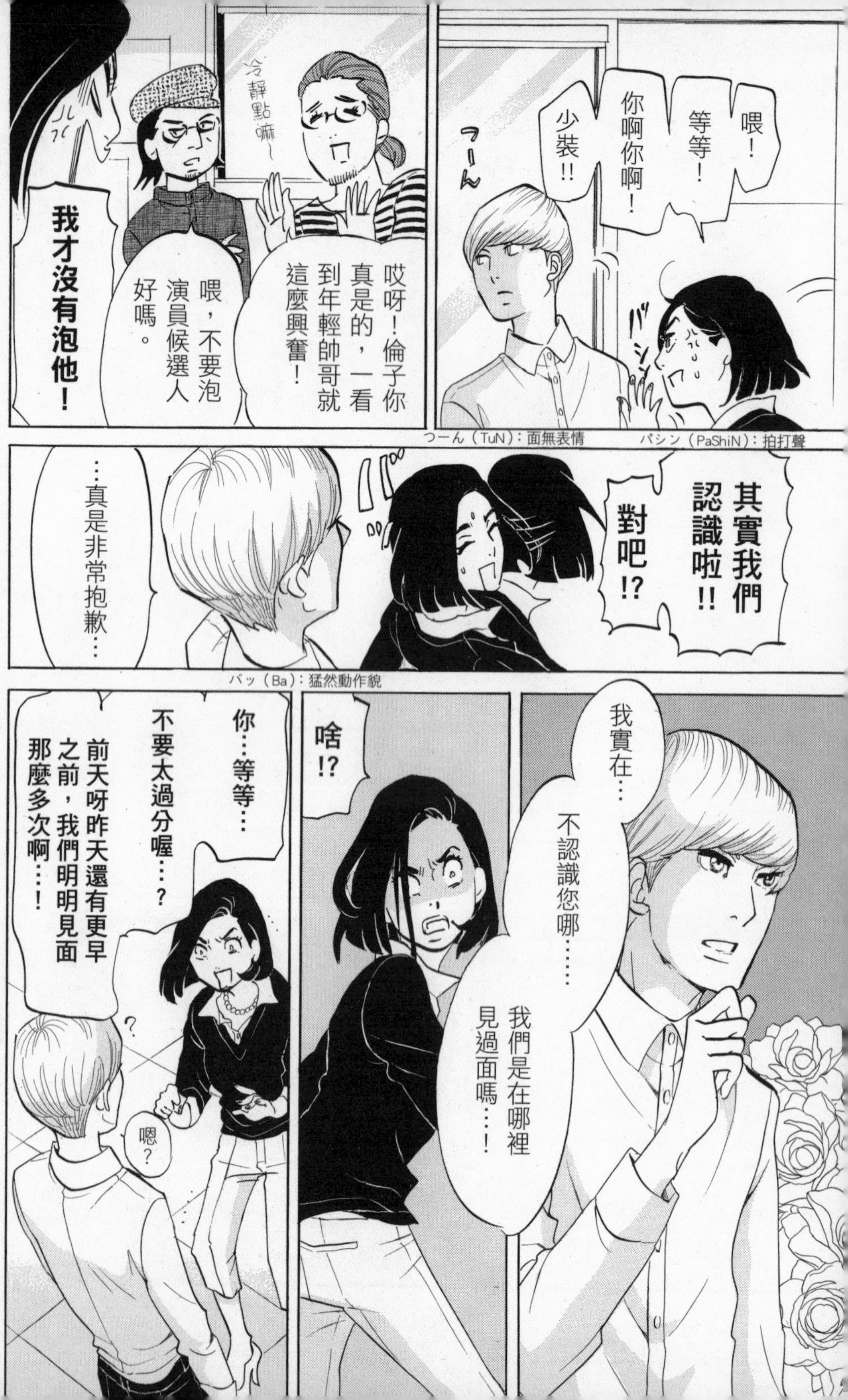

喂！
等等！
你啊你啊！
少裝!!
つーん
バシン
哎呀！倫子你真是的，一看到年輕帥哥就這麼興奮！
冷靜點嘛～
喂，不要泡演員候選人好嗎。
我才沒有泡他！
つーん（TuN）：面無表情　パシン（PaShiN）：拍打聲
其實我們認識啦!!
對吧!?
…真是非常抱歉…
バッ（Ba）：猛然動作貌
我實在…
不認識您哪……
我們是在哪裡見過面嗎…！
啥!?
你…等等…
不要太過分喔…？
前天呀昨天還有更早之前，我們明明見面那麼多次啊…！
嗯？

到底是怎樣啦!!
あせあせ
くわっ
他說謊！這小子總是跑到「吞兵衛」調侃我們……
啊，「吞兵衛」是我常去的居酒屋……！
……唉……
你「唉」什麼！你在那「唉」什麼！
有什麼好嘆氣的！
原來如此啊……
あせあせ：慌忙貌　くわっ（KuWa）：睜大眼貌
原來這位話多超囉唆的大嬸，就是寫出那種無聊劇本的人啊……
ニッコリ
ニッコリ：滿面笑容貌
KEY……別這麼說……！
沒關係，我不在乎。
反正我也沒想要成為演員。
はぁ
啥
只不過……
我看了劇本之後，真的覺得這劇本太一廂情願了，
30多歲的大嬸憑什麼這麼受兩個男人喜愛啊？
BBB 網路劇
無盡的派對（暫定）

這未免也太不切實際了吧⋯
我不禁這麼想⋯⋯原來。
原來是這種女人寫的，那麼這也難怪。
嗯。
ハハ（HaHaHa）：哈哈哈
ブッ（Bu）：噗
ヨロッ（YoRo）：搖晃貌
什⋯什⋯
哈哈哈哈！你還真敢說啊!!
製作人，這傢伙不錯，挺有種的!!
咦⋯等⋯有種⋯？

倫子啊，我看你乾脆參考他重寫劇本好了！
ガッ
就重寫成愛做夢的40多歲婦女
就說30出頭啦！
被年輕帥哥狠狠教訓的故事吧，全部重寫。
什麼…
ガッ（Ga）：猛然動作貌
ハハハ（HaHaHa）：哈哈哈
バタ
對不起，KEY接著兩點要去青山替雜誌拍照…
你到底是什麼意思？不只在居酒屋，連在這裡都要找我的碴…
ダダダ
バタ（BaTa）：腳步聲
ダダダ（DaDaDa）：腳步聲
等一下！給我回來!!!
是怎樣!?你有什麼目的!?
我對你做了什麼嗎!?
我上輩子霸凌你了嗎!?
真抱歉，我這個人講話不經大腦，想到什麼就說什麼。
不要跟我開玩笑！
バッサ
バッサ
バッサ（BaSa）：揮舞貌

也許你還是新人搞不清楚狀況！
在那種場面，角色候補人選是不能說那種話的!!
這個企畫是以我的寫的劇本為中心在運作的耶!?
都根據我的劇本選好主角，也去場勘了，已經開始運作！
這份劇本可說是這部戲的設計圖啊，你知道嗎!?
バサッ（BaSa）：揮舞貌　ぬっ（Nu）：伸出貌
少女漫畫。
啊？
你的工作就是提供跟少女漫畫一樣的連續劇給全日本愛做夢的大嬸看嗎？
スッ（Su）：起身貌
這…
這…這才不是少女漫畫…
這是很有人性的劇作。
30多歲的女人被帥哥企業家和小鮮肉咖啡店員同時求婚，哎呦人家好猶豫怎麼辦♡這到底哪裡是有人性的劇作？
哪…哪…
算了。
反正我也不演。

今天是經紀公司要我來我才來，
我根本不想當演員。
就算我非當演員不可的話…
我也不演這齣戲。
為……
為什麼不演!?
太土了。
嘎ー

倫子小姐！
我剛剛聽早坂先生說KEY是選角候補，可是卻主動辭退了，這是真的嗎？
……
…他們一定覺得都是我害的吧……
就是啊！
製作人好像相當生氣唷!!
完蛋了！一切都不順利……
請打起精神，有的時候就是會這樣！
啊，對了。
バタン（BaTaN）：啪噠　プルルル（PuRuRuRu）：電話鈴聲　パカッ（PaKa）：開箱貌
這給你！
這是我在箱根跟早坂先生一起做的茶杯!!
我們去陶藝體驗～♡
我才不要！
パカッ
プルルル
啊。
有電話！
ガチャ
你好，這裡是鎌田倫子事務所☆
啊！
早坂先生♡
等等，
不能講私人電話哦…

咦？
啊，好的。
我請她聽電話……
嗯？
找我嗎？
喂，早坂先生？
倫子小姐，不好意思……
咦？
就在剛剛，狀況有了些變化……
由於製作人跟導演另有考量……
這次的劇，倫子小姐也許就先休息一下……
不用參加也說不定……
跟她明講啦!!
我已經跟其他人在開會了!!
聽見了
ガチャ……
ゴソ……
第2出動…
カチカチカチ…

カチ（KaChi）：輸入音　ゴソ（GoSo）：摸索貌　ガチャ（GoCha）：咔喳，掛話筒聲

カラオケペセラ
カラオケペセ
Can you cele-brate ——?
Can you kiss me —— to-night?
We ~~ will love ~~ long ~~~ long time ♪
シャン シャン
只剩～我們兩～個人～今晚起～還請你多～照顧了～
但回家後只有你一個啦哈哈哈！
シャン シャン
FOOD MENU
GyaHaHa）：大笑聲　シャンシャン（ShanShan）：鈴鼓聲

接下來我要唱TRF。
ピッ ピッ ピッ
我唱GLOBE。
倫子你唱馬克RAP的部分。
包在我身上！
ガチャ
蜂蜜土司來了。
好讚喔！蜂蜜土司來啦！
為什麼。
ガチャ（GaCha）：開門聲
ピッ（Pi）：嗶，操縱點歌機音
我…明明沒做錯事。
Boy Meets Girl
出会いこそ人生の宝探しだね
相遇才是人生的尋寶遊戲
33歲生日之後，一切都不順心。
不論戀愛還是工作…
跟20多歲的時候不一樣了…
崩潰的速度，比預料的還快得多。
少年はいつの日か
少年總有一天
少女の夢
必ず見つめる
必定會凝視少女的夢

如同這份蜂蜜土司一般。
パッ（Pa）：啪
パッ
倫子小姐。
週五晚上可不是三個33歲聚在一起狂吃蜂蜜土司，唱90年代金曲的時候啊白白。
就是說啊肝肝。人生只有一次肝肝。
縱使內心再怎麼失落，把時間花在女子會上也太浪費肝肝。
因為…可是…
這樣三個人一起唱KTV，可以讓我忘記難過的事…

所以你才會一直孤家寡人啦白白——!
キィイイイー
哇啊啊啊啊!
人生的女主角只有自己啊白白!!
現在開始還來得及白白!
職場失意就去情場挽回啦白白!
我情場沒有對象啊!
你們已經只有去合適的獵場才能找到對象啦!!!
而且只能花錢找了白!!!
你該不會以為隨便走在路上就能遇到如意郎君吧肝肝!?
那是只限29歲以前的機會啦肝
獵…獵場!?
FOOD
メガ盛り
メガ盛りポテト ¥530
30代中心企画
婚活お見合いパーティー開催
婚活相親派對
苺のドルチェピザ ¥600

キイイイイー（KiIIII）：發飆貌

ハッ（Ha）：嚇

カッ（Ka）：突然一閃貌

嗯？那是啥？
傳單嗎？
…是上天的指示…
阿香…小雪…
我就算…工作被冷凍也沒關係…
ガッ（Ga）：猛然動作貌
我要去婚活…
去相親。
ガクガク（GaKuGaKu）：發抖貌
…倫子，妳在說什麼啊！
妳有天分的，不用擔心！
……
我也要……
咦！
我的美甲沙龍都沒有感受到安倍經濟學的好處，最近完全沒有新客人…
表參道的房租可不是開玩笑的…
為了不時之需留退路…
要嫁給有錢人…
ガクガク
好吧。
那我也去，
我爸最近血糖高，所以沒什麼精神。

…走吧，我們三個一起去…
我們已經沒有時間了……
ド
ドドーン
ドン（DoN）：咚
ドドン（DoDoN）：堂堂登場貌
婚活相親派對
婚活お見合いパーティー開催

ガチャン（GaChaN）：上膛聲　　ドォォォン（DooooN）：形容有壓迫感

ズガーーン
ダダダダダダダダ
ダダダ
…根本沒有好男人啊。
奇怪…？怎麼會這樣…
婚活派對是這樣的嗎…
年齡層怪怪的…
ん？
嗯
那，來的女生也都是老太婆嗎…

ズガーン（ZuGaN）：火砲射擊聲　ダダダダダ（DaDaDaDaDa）：子彈發射聲

キラキラキラーン/
キラキラキラーン：閃閃發光

ちゅどーん
怎麼每個人都年輕又普通正啊——！
キャッ
キャッ
ちゅどーん（ChiDoN）：咻咚。大爆炸聲
キャッキャッ（KyaKya）：嘻嘻哈哈

ドドドドドーン
白日夢軍第一步兵部隊立刻撤退——！
先回大本營！重新擬定作戰計畫——！
ダダダダダダ
ドドドドドーン（DoDoDoDoDoN）：爆炸聲
ダダダダダダ（DaDaDaDaDa）：子彈發射聲
ドン
酒処 呑んべえ
大本営
ドン（DoN）：咚

…我啊…
跟大學時交往的那個玩樂團的結婚說不定就好了…
雖然他沒什麼錢，但他比今天參加活動的男人都帥多了…
等等，我們已經不能以貌取人了。
問題是連那種男人都有一群年輕可愛的女孩子想親近。
畢竟跟她們同年齡的人都是打工族或是尼特族啊…
ガクガク
ブルブル
這是什麼時代啊…
所以說？假設在其中很奇蹟地發現有好感的男人…
很奇蹟地喜歡上他…
結果競爭對手是那些年輕…
…的女孩們是嗎…
ズン
感覺…
似乎…
從各方面來說…
我們都已經…
沒人要了。

ガク（GaKu）プル（PuRu）：發抖貌

ズン（ZuN）：重物重壓聲

……這樣嗎？
ポテトサラダ
さつま揚
唐揚
揚げ焼
ハンペン焼
ポテトフライ
ガーリックポテト
揚げギョーザ
揚げシューマイ
えのきバター
するめイカ一夜干し
カキフライ
鯵フライ
いわし天ぷら
那齣戲把通告發給我了。

你……剛才說什麼？
我接到通告了。
另外一個劇本。
不。我是問前一句。
呃。
看幾位今天如此盛裝打扮，
想必應該不需要我出場吧。
不……今天還能夠見到你反而倍感恩惠。
不管你性格多惡劣，看帥哥還是顧眼睛……
用帥哥來下酒吧！
？
那句話。
就是在說我們。
我以為不管幾歲，我都會是主角。
在人生這齣戲的劇本裡，女主角就是我自己。
只要我認真起來，不管是戀愛或工作，都可以手到擒來。

（自家製）煮豚
600
グラタンコロッケ
沒人要。
在情場沒人要。
在職場沒人要。
在那場婚活聯誼派對裡頭也沒人要。

——沒人要？
哎呀，這樣嗎。
那我們就先下台一鞠躬了囉♪
……哪可能說下台就下台啊，混帳東西。

ACT 4 多金女和小鮮肉

Esthetic Salon
Venus
GINZA
戀愛跟工作都
不如意的30輕
熟女，

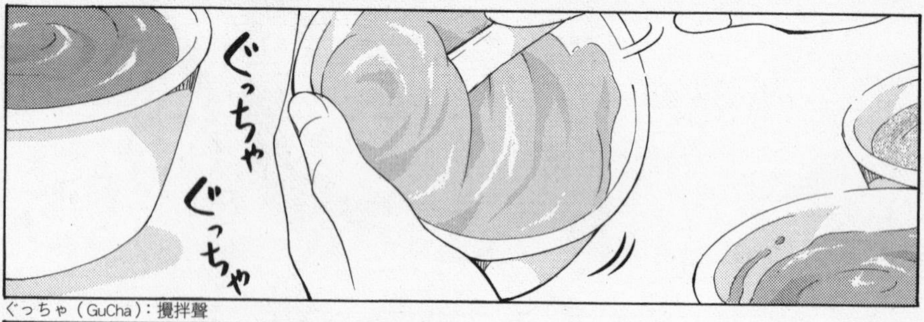
ぐっちゃ
ぐっちゃ

ぐっちゃ（GuCha）：攪拌聲

ドロリ
能隨意的只有
存款而已。

ドロリ（DoRoRi）：濃稠貌

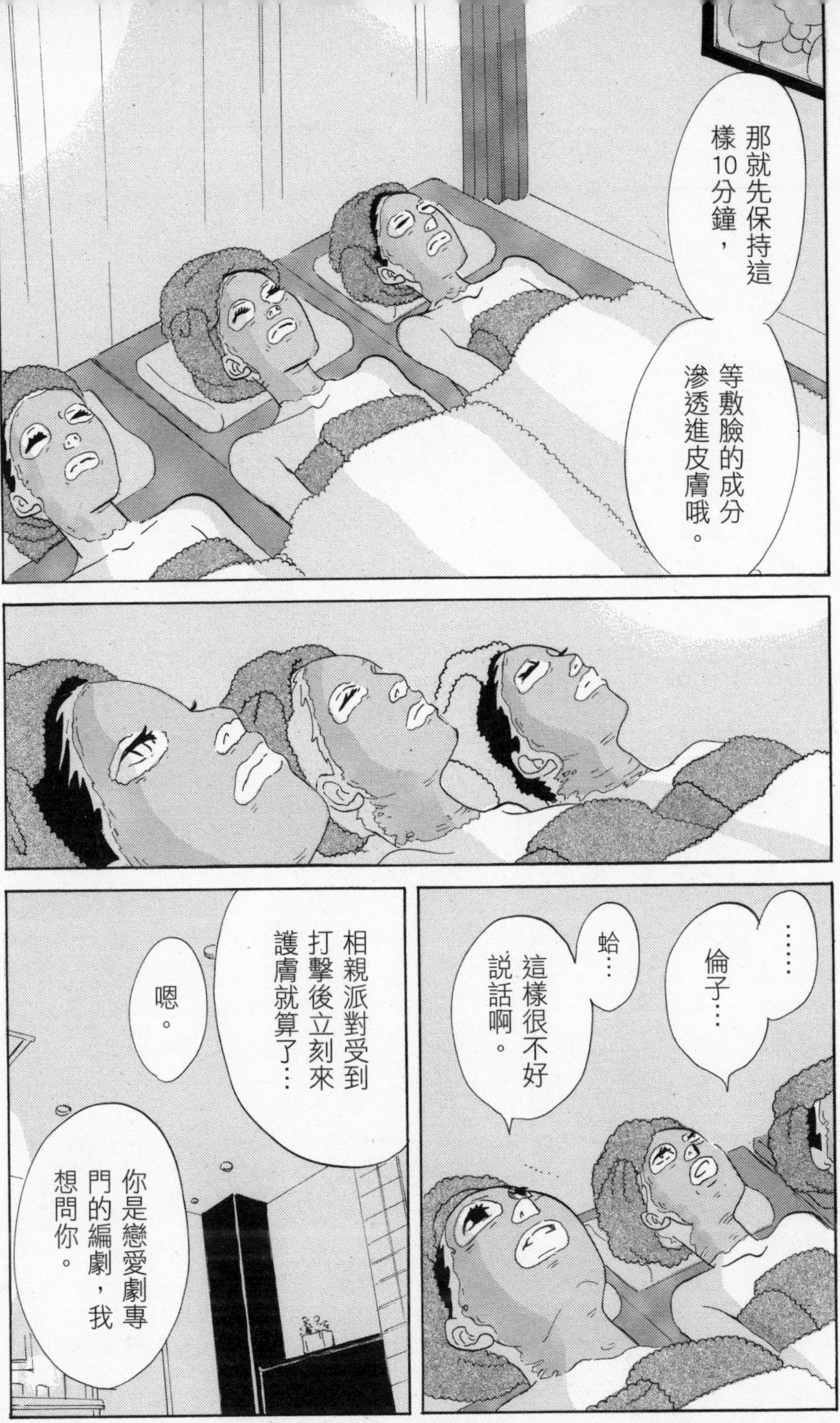
那就先保持這樣10分鐘，
等敷臉的成分滲透進皮膚哦。
……倫子……
蛤……
這樣很不好說話啊。
相親派對受到打擊後立刻來護膚就算了……
嗯。
你是戀愛劇專門的編劇，我想問你。

我們這麼做有意義嗎？
我現在也想問那個問題。
喂喂喂喂喂。
全身精油按摩加珍珠面膜套餐可要2萬日幣哪，
別讓我花了2萬還那麼空虛好嗎？
哎，至少皮膚會變得很光滑吧。
所以呀……
才想問……
做了這就能結婚嗎？
老實說。
好問題。

つるん
當然不行。
つるん（TuRuN）：光滑貌
啊。有帥哥。
哦。比剛才那個還帥。
啊，他不怎麼帥，不過很有錢的樣子。
表參道果然就是帥哥多…
街上明明有那麼多好男人——
我們卻怎樣就是找不到對象。
ごりんばし

仔細想想，東京是全世界人口密度最高的都市⋯
要是在這裡都遇不到對象的話，不管去哪裡都沒辦法找到對象啊⋯⋯
ご
ぬっ（Nu）：冒出貌　ぴくっ（BiKu）：嚇到
びくっ
你好。
ぬ
哇啊！有鬼啊！
怎樣？
你又來妨礙我拍片嗎？
咦？拍片!?
啊。真的耶⋯
又來了⋯

那你為什麼…穿成這樣…
今天拍夏天的場面，
春夏秋冬四季都要拍，
BUMKEY'S的MV每次都這樣。
啊，大嬸恐怕不清楚吧…
哈啾！
啊啊…
好像很冷…
拿去。
快擦鼻水！
ゴソ…
……
ズズ
厲害…
不愧是大嬸，身上一定有面紙…
難道也有帶糖果嗎？
才沒有!!
KEY！要拍下一場了！
拜。
くる
好好，你加油吧。
チーン
啊。
對了。
今天我跟那齣網路劇的新編劇見面了。
!!

ゴソ（GoSo）：摸索取物貌

ズズ（ZuZu）：吸鼻聲　くる（KuRu）：轉身貌　チーン（ChiN）：擤鼻涕聲

她絕對跟製作人有一腿。
那個編劇超——年輕的。
啊——！
我認識她！
我們參加過同一個編劇新人獎！
倫子小姐，真的很抱歉。不過倫子小姐很搶手，製作人也說很快一定會有更大的企劃會要再拜託你的。
喔？
ドキドキ（DoKiDoKi）：心跳加速貌
那女生幾歲？
ドキ
ドキ
大學剛畢業，應該22吧。

ズン
二十二……
而且她以前好像有當寫真偶像呢——
寫真偶像
轉行編劇
這樣啊……
哦……
好厲害啊……
對了，我有她的LINE。
ズン（ZuN）：重物重壓聲
要不要把她找來痛扁一頓？
木更津的好麻吉
只要拜託我老家的朋友，一次就搞定。
うっとり
唉唉唉！
這樣就讓人知道麻美妹以前有混過啊！
混過!?
バン（BaN）：猛然動作貌
うっとり（UToRi）：陶醉貌
不過……如果那個女人真的跟製作人有一腿的話，我絕對不放過他……
居然利用那個金毛傻瓜模特兒挑剔我劇本的機會，
把編劇硬換成自己中意的年輕女孩……
バン
老娘一定要宰了那個混蛋——！
倫子小姐慢走～

哎呀。
小…小倫倫你怎麼來了？
ピチ
ピチ
前輩辛苦了～
哎呀，製作人…這次真的很不好意思。
看來已經有人接手，那我就放心了☆
ピキ
ピキ
小倫倫，不是這樣啦～因為那個KEY啊～就是怎樣都對倫子的劇本不滿意啊～
哎呦，模特兒出身就是這樣難搞
啊！…這樣啊（語氣僵）
製作人，讓我打聲招呼吧。
啊！嗯。好。
我介紹一下，這位是編劇澤田，還是個新人，沒啥人知道。
初次見面啊～
啊對了，你來得正好!!
我有個想請小倫倫寫劇本的其他企劃書……
咦？
就是這個!!
バサ

ピチピチ（PiChiPiChi）：水嫩Q彈貌

ピキピキ（PiKiPiKi）：乾燥欲裂貌

バサ（BaSa）：啪沙

ドサ
實錄!!
鄰居間的衝突
「街頭閑談的魔鬼」
專職主婦良子
（暫訂）
ドサ（DoSa）：咚沙

じー
哈哈哈哈！
討厭啦！
サッ
不不……
不對啦，我才
沒那麼說！
你說了
你說了
討厭啦～
サッ（Sa）：動作迅速貌
じー（Ji）：凝視貌

計程車！
キ
ッ
ダ
ッ
呵呵…
呵呵…
ガチャ
司機大哥！跟在前面那台車後面!!
バ
咦。
是前面那台黑色的嗎？
好久沒遇到這種事了。
以前常有影劇線記者搭我的車…
別說了快追！你看，他們右轉了！
快追快追～～～！
ブォーン
ブォォォ
キッ（Ki）：急停時輪胎聲
ダッ（Da）：噠
ガチャ（GaCya）：開車門聲
バン（BaN）：猛然動作貌
ブォォォ（Buooo）：引擎聲
ブオン（BuON）：催油門聲

咦！
要上高速公路嗎？
客人，該怎麼辦？
首都高速
SHUTO EXPWY
入口
大型
不管了，快跟上!!
他們到底要去哪裡啊？
小姐…我看他們是要去箱根。
準沒錯
ブォォォ（Buooo）：引擎聲
箱根!?
溫泉!?
那個混蛋，果然跟那女的…!
怎麼辦？要從下個交流道下去嗎？
到箱根要多少錢？
嗯…我想應該不會超過3萬吧…
道路
箱根新道
HAKONE SHINDO
箱根
Hakone
3萬!?
嗚嗚嗚…3萬嗎…!?
可是不親眼確認事實，不拍到明確證據照片的話，身為編劇是不能服氣的……
3萬就3萬!!
30輕熟女能用的武器就只有存款!!
跟就跟！到箱根!!

イチャ
イチャ
パシャ
パシャ

パシャ（PaSha）：快門聲　　　イチャイチャ（IChaICha）：打情罵俏貌

很~好，被我抓到證據了…
總有一天我要用這個狠狠地敲一筆！
ゼェゼェ
ペラン
那車資一共2萬8千日幣。
客人真是太幸運，比我當初預估的還便宜。
不過也是因為我駕駛技術好啦。

ペラン（PeRaN）：翻出貌　　ゼェゼェ（ZeiZei）：喘氣聲

カチカチカチカチ
カチ（KaChi）：打字聲
カチカチカチ カチ
你們要不要來？
怎麼可能!!
要工作
今天店
裡很忙
我想也是～
所以說你要一個
人住旅館嗎？
嗯……
啥？箱根？
怎麼這麼突然
…跟誰去？
一個人
wwww
你傻啦。

都花了2萬8千搭計程車來，馬上回去太可惜了
我去泡溫泉
真的假的www
實在太扯了ww
チャプ…
唉…
沒想到…
我的工作居然被比我小10歲菜鳥用身體搶走了。
チャプ（ChaPu）：水聲

我知道演藝圈不是什麼聖潔的地方…
但劇本是打造一齣戲的核心部分，
我一直相信只要能寫出好劇本就可以了。
嗯，不過…
搞不好那小妞年紀輕輕也能寫出好劇本啊。
以我沒有的感性…
用年輕女孩特有的觀點…
チャプン…
寫出能讓那傢伙接受…
不讓他嫌土的劇本。
チャプン（ChaPuN）：水聲

這樣我絕對
比不上的啊。
年輕又正，還
有天分的女孩
都要用肉體來
搶工作，
這樣我絕對
贏不了啊。
麻美妹也或許在
不久之後，
當早坂先生成為
製作人，
只要靠「是早坂
先生的女朋友」，
就可以接到工作。
倫子小姐
不好意思～
這齣連續劇
的劇本由我
來負責囉～
…這種事在不
久的將來注定
會發生的。
ブクブク
ブクブク…
ブク（BuKu）：冒泡聲

…不，話說回來…
都是因為那傢伙挑剔我的劇本，才讓那小妞有了用肉體搶工作的機會…
沒錯！
全部都是那個金毛混蛋模特兒的錯！
元兇都是他!!
開什麼玩笑啦！
女湯
ゴボ（GoBo）：吐泡聲
バシャアッ（BaShaA）：水聲
那種傢伙…
怎麼可以讓他紅起來!!!
應該要被幹掉!!
消失吧!!
被冷凍吧!!
わー（Waa）：哇
ドン（DoN）：咚

33歲女人能用的只有存款啦——!!
イェイイェーイ☆
イェイイェーイ（Yeah）：耶耶～
ゲラゲラ（GeRaGeRa）：粗俗大笑貌
今天給自己一點獎勵!!
ゲラゲラ
點個最貴的大吟釀吧——
超過一萬塊啊～
就算一個人喝，只要有LINE就不寂寞～
カチカチカチカチ
カチ（KaChi）：輸入打字聲
酒処
お気軽に
(4)
我一個人在喝 in 箱根
大吟釀NOW
wwwww
カチッ

她沒事吧……
バッ（Ba）：猛然動作貌
倫子……真的一個人在溫泉旅館喝酒啊？
她一喝日本酒，保證醉得不像話。
會醉得很難看。
都是你害的……都是你開口要換編劇……
我可沒有說要換編劇哦。
我只是說劇本很無聊，所以我不想接這個工作。
哇啊。你看這個，糟透了啊。

……
她居然點了一升大瓶裝！
天狗舞
她是白癡嗎！
我們應該過去陪她的……
不可能啦，那麼臨時……
今天客人超多，我到剛剛才弄完。
……這不妙啊。
咦？
被男人甩了之後，工作也被冷凍……
身心受創的單身女子自己一個人在溫泉旅館喝酒……
萬一喝醉自暴自棄就跳樓自殺的話……
ひょいっと
老爸，你不要講一些有的沒的啦！
ひょいと（HyoITo）：突然輕舉起
怎麼辦，我開始害怕了。
因為早坂先生受打擊，到相親派對也受打擊，工作也被這傢伙害到泡湯……
你們快去陪她!!
還有電車到箱根吧！
咦——
老爸開車載我們啦！
哪可能，店裡還有客人在！
我明天一早要參加美甲講習會，不能請假的！

コト
老爹。
結帳。
啊？
……
你…你想溜之大吉嗎？
明明是你害倫子…
我去找她。
コト（KoTo）：杯底碰桌聲
……咦？
我明天休假。
スタスタ
ガラ（GaRa）：開門聲　スタスタ（SuTaSuTa）：逕自走去貌
我去沒收她的一升瓶。
ガラ

……真的嗎？
他這是在求自保啦，要是鬧出有編劇因為他自殺，他的演藝生涯就完蛋了。
搞什麼嘛!!他真是超會替自己打算啊!!
嗚嗚——……
ドボドボ
啊——……好好喝哦——……
プルプル
……天狗舞……

プルプル（PuRuPuRu）：顫抖貌　ドボドボ（DoBoDoBo）：液體注入容器貌

ムク
喂！傻瓜
ガラ
豬肝混入進旅館菜單，所以從窗外登場囉肝肝。
你喝太多了啦肝肝!!
哦…你們終於出現了。
看得見你們，表示我醉得一塌糊塗啦哈哈。
哎呀真是的…
倫子小姐越來越有「一人樣」的架勢了白白。
居然一個人來旅館當豪客…
耶～一個人萬歲！
還咬著生花枝…
倫子小姐。
看外面肝肝。
有月亮。
啥？
今晚的月亮很漂亮吧肝肝？
啊～滿月耶～漂亮漂亮。
倫子小姐，以後你都得這樣…
一個人賞月喝酒活下去哦肝肝…
不不不，那是不可能不可能不可能不可能的啦～
因為啊，總有一天會出現一個呀，超級愛我的帥哥啦～

ムクッ（MuKu）：猛然坐起貌
ガラ（GaRa）：開窗聲

不會出現的白白。
ズン
咦？
說得仔細些白白…所謂超愛倫子小姐的帥哥…
根本沒有任何保證會出現，也沒有任何保證他會跟你結婚的白白。
聽好白白？
我是說「沒有任何保證」喔白白。
保…保證…？
這個社會連努力爭取來的工作都會被奸巧的人搶走呀白。
就是啊肝，這社會就是弱肉強食肝。
認真努力一點意義都沒有肝肝。
不過…我有天分……
這跟天分無關的啦白白肝肝!!!
カッ
天分不過是風一吹就被吹走的小東西白白!!!
沒錯肝肝，這社會就靠金錢跟關係…
還有女人就是靠年輕貌美啦白白!!!
很棒的劇本
ひら
ひら
ベリベリ

ズン（ZuN）：重物重壓聲

ひらひら（HiRaHiRa）：輕盈揮舞貌　ベリベリ（BeRiBeRi）：撕裂聲　カッ（Ka）：突然一閃貌

……
那……
我……
不幹了……
我不幹這一行了……
ツー（Tu）：放任淚流下貌　ガシャン（GaShan）：咔喳，物品翻倒聲　バ（Ba）：猛然動作貌
我根本做不到啊！
跟不喜歡的人做那檔事……
不是做不到的問題，倫子小姐這年紀就算用肉體也換不到工作的白白。
我追求的才不是那些！
我只是想創作有趣又感人的連續劇和電影而已！
33歲還老弄網路劇恐怕很難吧白白。
我不做編劇了!!
我去做普通的工作!!
倫子小姐這年紀恐怕只能兼職打工了吧白白。
不做了啦……
我累了啦……
ガラ
ガラ（GaRa）：開門聲

計程車車資…
3萬150元。
我要向誰請款啊？
領収書
合計 ¥30,150
じっ
為…為什麼…
好，沒收。
天狗舞
天狗舞大吟釀…你今天下血本啊…
喔喔！小兄弟你要不要喝一點啊！
下酒菜還有這麼多哦。
バ
バンバン（BaNBaN）：拍桌聲
じっ（Ji）：凝視貌

……
ドポポポ
讚喔讚喔!!
你年紀輕輕就這麼會喝!!
耶耶耶耶~來乾杯啦!
くいーっ
不愧是天狗舞，
這樣多少都喝得下去。
好，今天晚上我請客!!
我要把我這份工作存下來的錢全部花掉!!
再來一瓶吧!
呃，什麼意思？

ドポポポポ（DoBoBoBoBo）：液體注入容器貌

くいーっ（KuI）：一飲而盡貌

老娘不幹了!!
這種工作!!
都是多虧你推了一把！
我不幹編劇了喔！
……你在說什麼啊？
我！說！啊！
年輕女編劇跟製作人住在這裡！
我跟蹤他們!!就像過去那種愛情劇!!

ゲラゲラ（GeRaGeRa）：粗俗大笑貌

然後呀，如你所說！
他們兩個一起進了這間旅館呀……
現在應該正在搞吧？
ゲラゲラ
那又怎樣。

這個沒什麼大不了的吧，
為什麼會得到「不幹編劇」這種結論。
嗚……
因為……
因為……那樣太卑鄙啦……
我啊……
我討厭用那種……
你裝什麼純潔啊。
都是33歲的歐巴桑了。

ピタ（PiTa）：瞬時停住貌

ピタ
只不過是上個床……
在這個圈子裡根本沒什麼大不了的。

什…
啊哈！
你也有做那種事嗎？
你跟誰做啊!!是跟大叔嗎!?
你說呢。
或許真的做過，
但我沒有必要告訴你吧。
只不過…
ダン（DaN）：拍桌聲
的確，像你這樣是沒法在這圈子混下去吧。
滿腦少女漫畫裝純潔的大嬸，寫出的劇本會有趣才有鬼。
ヨロリ（YoRoRi）：搖晃貌
喂…給我收斂點…
說甚麼不有趣…
你看我的劇本也不過只是看那齣…就只看過那麼一回吧！
ヨロリ…
看那一回就夠了。
怎麼可能夠了！

我啊……還有很多…很多很多題材想寫啊……
不過像我這等級的編劇，只能聽上面的話，配合選角硬是去修改劇本…
所以…所以像這次被演員挑剔劇本的話…我…
我根本是無能為力…
那麼。
這不是大好機會嗎？
現在。
什麼？
雖然只是網路劇，但主要演員目前就在你眼前。
還是害你被踢出這個企畫的元兇。
來吧。

用你的肉體來跟我換工作。

這種情況下你居然還沒想到這一步…
你真的是完蛋了。
……這…
這不…不行吧…
像你這樣的年輕人…
才不會想跟我…
フル
フル
不試試看怎麼會知道。
フルフル（FuRuFuRu）：發抖貌
你要試試嗎？

ガタ
咦？
等……
ガタ（GaTa）：咔嗒
ガシャ
ガシャ
ガシャン
（GaShaN）
物品翻倒聲
等等……

ガシャン
你試試啊。

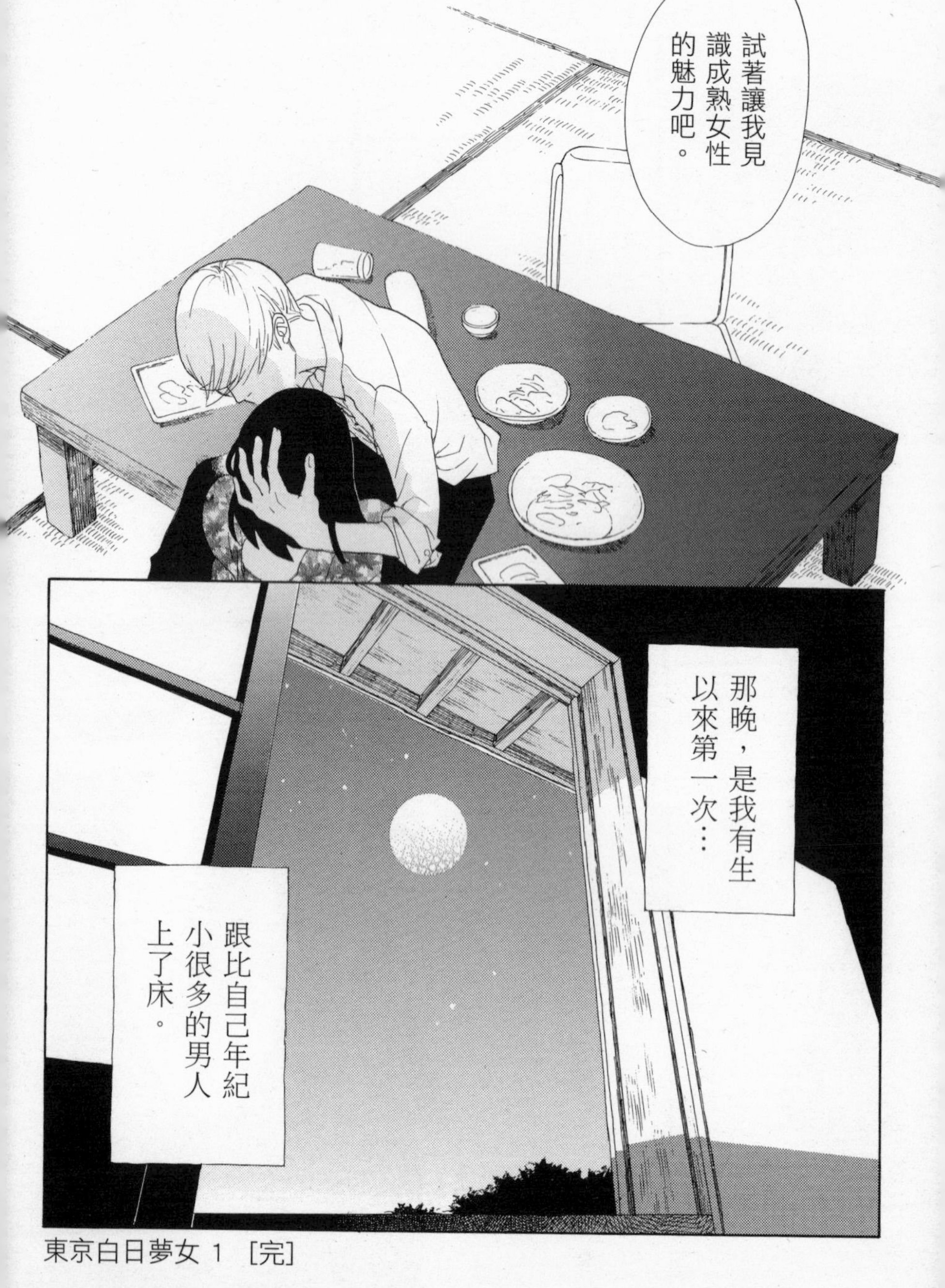
試著讓我見
識成熟女性
的魅力吧。
那晚，是我有生
以來第一次…
跟比自己年紀
小很多的男人
上了床。

東京白日夢女 1 ［完］

東京白日夢女

東京白日夢女
附錄漫畫
各位讀者，非常感謝你們購買
東京白日夢女第一集。
我是作者東村明子，
今年38歲。
2014年現在
關於這個連載的構想，
是在各位應該都還記憶猶新，
讓2020年奧運會
決定在東京舉辦的那個
「好好款待您」(おもてなし)
造成一大風潮之時想到的……
然而…
構想…
想講好聽一點所以說是
有構想…但其實……

ドン
這只是想要把因為「奧運居然要在東京舉辦」大受衝擊的那群我身邊三十前後四十前後的女生朋友們的哏原封不動地畫成殘忍到過分的漫畫而已!!!
ドン（DoN）：咚
其實我完全沒有「女人非結婚不可」「女人的幸福由男人決定」「沒有結婚的女人好可憐」這類的想法。
可以的話，我自己也不想結婚，我也想過著像是那種努力工作、完全不受拘束，快樂華麗，好好享受自由的單身貴族生活。
過年可是準備要去巴黎度假呢!

我自己第一次的婚姻
以超級失敗收場，
結婚沒多久就離婚了。
這5年過著單親媽媽的生活，
真的非常辛苦。

雖然前一陣子又再婚了，
但其實因為我一開始
心裡總是想著「我受夠婚姻了」
所以一直用「我不要結婚，我們就這樣
當感情很好的男女朋友不行嗎」的態度，
不斷逃避著婚姻。

可是最後由於許多緣故，
我還是結婚了。
不過我還是認為對女性來說，
結婚實在是很虧（像是要改姓什麼的）。

所以說!!

新娘子
およめさん
我小時候從來沒畫過這種東西!!

我完全沒有
「結婚絕對比較幸福☆」
這種想法!!

「幸福」這玩意
不是藉著結婚獲得，
是要自己去追…哎…
你們應該都明白吧？
該說是自己的問題呢，
明明結了婚卻還是照樣
不幸的人不就一堆嗎!!

可是啊!!
那些人啊!!!
我身邊
那些人啊!!
卻是
這樣說!!

請翻到下一頁

明子姐……
我這樣…大概快不行了…
我真的超想結婚的…
我那些突然說出這種話的朋友（推測有15人）
ゾロ
ゾロ…
我也是…
人家也是…
哎呀…不結婚也不會怎樣吧？
你們都有不錯的工作啊。
阿香的參考範本，美甲師…
我不要!!
我想要結婚！我想生小孩！
山口香，大家都叫她口香。
那快去交男友啊。
可是!! 完全沒有好男人啊!!
キー
你那麼漂亮
還有這種朋友——
明子姐…
我啊…
已經受夠一個人獨居了。
梅サワー
ホッピー
レバテキ
呵呵…
厚揚げ
真的……
受夠了…
一個人…
……
ガクッ

ゾロゾロ（ZoRoZoRo）：絡繹不絕

キー（Kii）：尖叫聲

ガクッ（GaKu）：猛垂頭

我的那些朋友因為這次奧運決定在東京舉辦……
人家才不要7年後一個人孤孤單單在套房看奧運啦！
在那之前我才不想一個人身處有如祭典般熱鬧的東京啦!!!
あ゛あ゛あ゛
あ゛あ゛あ゛
你還算好了，我可是…還住在家裡啊!!
あ゛
在家跟父母一起看轉播!!
口香居然還跟父母一起住
あ゛（A）：啊啊慘叫聲
這樣就一定要在7年內找到對象啊!!
不要在那再講啥理想了，不管是誰都好，總之先找到對象吧!!
バン
醜話說在前面，你們已經不年輕了，跟20多歲的時候不一樣!!
バン（BaN）：拍桌聲
…雖然口氣很大，不過每次跟女生朋友在喝酒的時候（她們年紀都比我小），我都這樣「激勵」她們……搞到我自己都講到煩了，所以我才想法這畫成漫畫……
大概就是這樣，對不起各位啦!!!
順道一提這兩個是我最常點的小菜。
完

要是沒辦法過得幸福，
那就跟死了沒兩樣。
東京白日夢女
3

掟上今日子的備忘錄
西尾維新 NISIOISIN
Illustration / VOFAN
每次見面都是初次見面
每次破案都是怦然心動
就算你忘了
我也永遠記得
改編日劇大人氣 忘卻偵探系列 好評發售中
《掟上今日子的婚姻屆》
2017年春天幸福登場

青 赤 緑 山 黒
秩序恐慌美男
對人恐懼症法醫
順風耳美女
廟裡的和尚
無口武術家

東村明子 HIGASHIMURA AKIKO

日本宮崎縣人。大學畢業後一邊工作一邊進行漫畫創作，歷經在少女、青年漫畫雜誌連載，在女性漫畫雜誌連載的育兒漫畫《媽媽是恐慌份子》結集後瞬時創下銷售百萬本佳績。作風橫跨少女到女性、寫實到搞笑，為二十一世紀以後，筆下作品最為貼近女性的愛恨情愁，涵括日本女性百態的人氣作家。二〇一〇年，以時尚界為主題《海月姬》得到第三十四回講談社漫畫賞少女部門獎，進而動畫化、電影化。二〇一五年，自傳作品《塗鴉日記》同時獲得第八回漫畫大賞和第十九回文化廳媒體藝術祭漫畫部門大賞，同年本作品《東京白日夢女》也獲得第六回anan漫畫大賞大獎，並決定於二〇一七年一月日劇化。

https://twitter.com/higashimura_a

万画系 001

東京白日夢女 01

2017年2月 初版一刷

作者	東村明子
譯者	GOZIRA 林依俐
責任編輯	林依俐
美術設計	chocolate
標準字設計	Reo
內文排版協力	高嫻霖
打字協力	林依亭
印刷	采富創意印刷有限公司
出版顧問	陳蕙慧
發行人	林依俐

青空文化有限公司
台北市中正區忠孝西路一段50號22樓之14
service@sky-highpress.com

總經銷	大和書報圖書股份有限公司
電話	02-8990-2588
定價	220元
ISBN	978-986-93883-3-7

你喜歡青空文化的出版物嗎？想要掌握青空文化的作品資訊嗎？
請填寫以下資料，讓我們有機會提供給你更好的閱讀體驗！

姓名：________________　青空之友編號：________

性別：○男　○女　　婚姻：○已婚　○未婚

生日：西元_____年_____月_____日（若不便提供生日，請勾選以下選項）

○12歲以下 ○13～18歲 ○19～25歲 ○26～35歲 ○36～45歲 ○46～60歲 ○61歲以上

E-mail：________________　電話或手機：________

通訊地址：________________

教育程度：○在學中　○高中職畢　○大學專科畢　○碩博士畢　○其他：________

◆你常買書報雜誌嗎？每個月會花多少在買書上呢？

○300元以下　○300～500元以下　○501～1000元以下　○1001元以上　○很不固定

◆出門若要帶一本書，你會帶哪一本書呢？

○我會帶這本書：________　因為：________

◆你有特別喜歡的漫畫或漫畫家嗎？或是偏好的漫畫類型？

○沒有特別喜歡的　○有的：________

◆請告訴我們，你希望今後青空文化能引進的日本作家或作品吧！

○隨便都可以　○快點給我：________

告訴我們你對書的感想，或是想跟編輯部說的話吧！
寫或畫的都沒問題，請自由發揮！

○可公開（如果你同意分享下面自由發揮內容做為發佈在青空文化FB或官網，請打勾）

讀者資料僅作為青空文化出版評估與行銷活動使用，絕不外洩。

膠帶黏貼處

廣	告	回	函
臺灣北區郵政管理局登記證			
第	0 4 8 2 9		號

郵資已付 免貼郵票

10689

台北市大安區仁愛路四段107號7樓

青空文化有限公司 收

万画系001 - 東京白日夢女 1 回函

Thank you for reading! 請告訴我們你的意見吧！

1. 你是從哪裡得知這本書呢？（可複選）

○書店 ○網路 ○Facebook粉絲頁 ○親友推薦 ○其他：＿＿＿＿＿＿

2. 你是從何處購買這本書呢？

○博客來網路書店 ○讀冊生活TAZZE ○誠品書店 ○金石堂書店 ○安利美特

○親朋好友贈送 ○其他：＿＿＿＿＿＿

3. 這本書吸引你購買的原因是？（可複選）

○封面設計 ○對故事內容感興趣 ○等中文版很久了 ○看了日劇後很喜歡

○喜歡作者 ○喜歡譯者 ○親朋好友推薦 ○贈品 ○其他：＿＿＿＿＿＿

4. 你比較喜歡或討厭這本書裡的哪個角色呢？為什麼？

＿＿＿＿＿＿

5. 你會推薦這本書給親友看？為什麼？

＿＿＿＿＿＿

要推的話，會最推哪一點？＿＿＿＿＿＿